Markus Wüest
Haarsträubend

Der Zytglogge Verlag wird vom Bundesamt für Kultur mit einem Strukturbeitrag für die Jahre 2021–2024 unterstützt.

© 2024 Zytglogge Verlag, Schwabe Verlagsgruppe AG, Basel
Alle Rechte vorbehalten
Lektorat: Thomas Gierl
Korrektorat: Philipp Hartmann
Umschlaggestaltung: Hug & Eberlein, Leipzig
Layout/Satz: 3w+p, Rimpar
Druck: CPI books GmbH, Leck

ISBN: 978-3-7296-5168-5

www.zytglogge.ch

Markus Wüest

Haarsträubend

Der Coiffeur bekommt Angst

Roman

ZYTGLOGGE

Prolog

«Mardos! Mardos? Komm. Geht es dir gut? Hattest du einen ruhigen Tag, ma chérie?»

Der Mann, er könnte fünfzig oder sechzig Jahre alt sein, hat seinen Regenmantel auf die blitzblanke Chromstahlablage in der Küche gelegt. Er nimmt die Brille vom Gesicht, weil noch ein paar störende Regentropfen darauf sind, die seine Sicht etwas trüben, trocknet sie, setzt sie wieder auf.

Seine Handgriffe sind routiniert, alles, was er in dieser großzügigen Küche, die aber merkwürdig leer wirkt, macht, entspringt tausendfacher Wiederholung. Er holt aus einem der Ablagefächer oberhalb der Spüle eine Metallschüssel mit etwa fünfzehn Zentimeter Durchmesser. Er öffnet eine der Schranktüren und zieht eine Packung Haselnüsse heraus, die halbleer ist. Eine gute Portion dieser Nüsse kippt er in die Schüssel.

«Heute gibt es wieder einmal ein paar Nüsse, Mardos. Meine alte, treue Freundin. Das freut dich garantiert.» Dann holt er aus einem anderen Schrank einen großen Sack voll Trockenfutter, wie es Katzen gernhaben. Und schließlich mischt er noch Maiskörner unter das Ganze.

Die Schüssel klappert auf der metallenen Unterlage eigentümlich und, weil die Küche so leer ist, viel lauter als unter normalen Umständen.

Per Knopfdruck lässt sich eine Durchreiche öffnen, die in einen großen, ebenfalls leeren Raum führt. Auf der anderen Seite der Durchreiche ragt eine Holzkonstruktion etwa anderthalb Meter in das, was früher einmal ein Salon war. Dort stellt der Mann den Fressnapf hin und fügt kurz drauf noch einen zweiten mit frischem Wasser hinzu.

«Mardos. Komm. Es gibt frisches Futter», säuselt er. Er singt ein Liedchen, sieht sich noch einmal kurz in der Küche um, sein prüfender Blick geht zu den beiden Fenstern. Dann zieht er den Mantel wieder an, geht durch die seltsame Tür aus Milchglas in die Eingangshalle des Hauses. Er schließt diese Glastür sorgfältig. Links neben der Tür befindet sich ein Schalter, den er nun drückt. Drei Mal kurz erhellt grelles, rotes Licht, das einem in die Augen sticht, die Räume im Parterre des Hauses und auch im Keller.

Der Mann öffnet ein Guckloch, das ihm erlaubt, einen Blick in die Küche zu werfen. Und es dauert nicht lange, bis er Mardos sehen kann. Alles wie gehabt. Alles funktioniert tadellos. Er ist sichtlich zufrieden.

«Voilà, ma chérie. À demain!» Und leise, mehr zu sich selbst als zu Mardos, sagt er: «Ich bin immer wieder froh, dass es bei mir besser gelungen ist als bei dir.»

Erster Teil

Heimweg

Eddie Fontanella würde am liebsten in seiner Wohnung in der Breite bleiben, an diesem Abend. Aber seine letzte frisch gewaschene Uniform hängt oben, im eigentlichen Daheim an der Angensteinerstraße. Und er hat keine Lust, am Morgen noch früher aufzustehen, als es ohnehin nötig ist, um pünktlich seine Tour zu beginnen.

Schon kurz nach dem Abendessen ist ihm das eingefallen. Aber weil es nieselt und sogar so aussieht, als könnte daraus Schnee werden, nach einem langen Sommer, der fast nicht enden wollte, hat er nicht sofort in die Tat umgesetzt, was unerlässlich ist. Stattdessen hat er einen guten Grund nach dem anderen gefunden, um weiter in der Wärme zu bleiben.

Ungemütlich ist sie nicht, seine kleine Zwei-Zimmer-Wohnung an der Froburgstraße. Und hin und wieder muss er sich dort im Haus blicken lassen, sonst läuft er Gefahr, dass ihm die Nachbarn auf die Schliche kommen. Die alte Frau Gallacchi, deren Wohnungstür fast genau vis-à-vis der seinen liegt, hat ihn vor einer Woche missbilligend von Kopf bis Fuß gemustert. Mit ihrer kratzigen, leisen Stimme sagte sie: «Aha, es gibt Sie also doch noch, Herr Fontanes. Ich dachte, Sie seien vom Erdboden verschwunden.»

Sie ist italienischer Abstammung wie Eddie. Dass er Fontanella heißt und nicht Fontanes, weiß sie ganz genau. Aber sie macht sich eigentlich seit Beginn einen Spaß daraus, ihn mit dem falschen Namen anzusprechen. Herr Wirz, der ewige Junggeselle im Parterre, ausgetrocknet wie ein alter Baumstamm ohne Äste, hat ihm kürzlich einmal gesagt – im ähnlichen Tonfall wie die alte Hexe –, er müsse ja ein ausschweifendes Liebesleben haben, so wenig, wie er zu Hause sei.

Die Alarmglocken haben so oder so bei Eddie geläutet. Er muss vorsichtig sein. Sein kleines Doppelleben darf nicht auffliegen. Dass er David eingeweiht hat, ist möglicherweise ein Fehler gewesen. Aber der Herr Coiffeur hält bestimmt dicht. Wenn er über ein halbes Jahr nichts verraten hat, wird er kaum plötzlich ausplaudern, was verschwiegen gehört.

Es ist nun kurz vor halb elf, und er legt sich meist um halb zwölf schlafen. Lange darf er nicht mehr trödeln. Und es gibt auch keinen Grund mehr dafür. Die Küche ist aufgeräumt, seine paar Kleider, die er in dieser Wohnung hat, sind gewaschen und versorgt. Im Fernsehen läuft nur Schrott und den letzten Schluck Wein hat er sich vor einer halben Stunde gegönnt. Flasche leer. Glas leer.

Was hält ihn noch? Trägheit. Sonst nichts. Eddie hat schon zwei Mal auf seiner Wetter-App den Radar gecheckt: Es macht keinen großen Unterschied, ob er jetzt losgeht oder in einer Viertelstunde. Trocken wird er es nicht an die Angensteinerstraße schaffen. So viel steht fest.

Er seufzt. Nimmt das Weinglas vom Clubtisch und unterlässt es, die Hausschuhe anzuziehen – der direkte Grund für das Missgeschick, das ihm nun widerfährt: Er rutscht auf den dünnen Socken aus, verliert ganz kurz das Gleichgewicht und lässt dabei das Glas fallen. Es zersplittert auf dem Steinboden im Flur.

Eddie flucht. Holt den Handfeger und die Kehrschaufel aus der Küche und fängt an, sauber zu machen. Kristallglas hat die dumme Eigenschaft, in tausend Stücke zu zerbrechen. Stücke mit messerscharfen Kanten, wie er schnell merkt. Und zwar ausgerechnet an einem der größten Bruchteile. Er zieht sich einen kleinen, aber recht tiefen Schnitt am Zeigfinger der rechten Hand zu. Tut nicht sehr weh, fängt aber rasch an zu bluten.

Eddie flucht lauter. Aber er achtet darauf, beim Gang ins Bad, wo er Verbandsmaterial und Desinfektionsspray aufbewahrt, nicht auch noch mit den Füßen in die Glassplitter zu treten.

Das Desinfektionsmittel brennt – und wirkt somit, wie er vermutet, und das Pflaster klebt er so, dass die Wunde etwas zusammengepresst wird. Es färbt sich zwar sofort rot, aber während er nun besonders vorsichtig auch noch die letzten Scherben zusammenwischt, wird es nicht noch röter.

Die Scherben sammelt er in einer alten Zeitung, die er am Schluss so zerknüllt, dass das Glas darin ungefährlich ist. Den Zeitungsballen wirft er in den Abfall.

Er zieht die Schuhe an, den Regenmantel – einen Schirm hat er nicht, jedenfalls nicht hier in der Breite-Wohnung –, schließt hinter sich die Tür und geht durchs Treppenhaus nach unten. Durch die Glasfront beim Hauseingang sieht er: Es nieselt nicht, es regnet. Er schlägt den Kragen hoch, schimpft, macht sich auf den Weg.

Theoretisch stehen ihm drei Möglichkeiten offen. Nein, vier. Er könnte die Zürcherstraße hochgehen und dann in die Sevogelstraße abbiegen. Oder durch das «Stapfelweglein», aber das ist nass und pflotschig nach diesem Regentag. Oder durch das Gellertgut – doch dessen Tore sind seit Sonnenuntergang geschlossen. Oder den St. Alban-Teich genannten alten Gewerbekanal entlang, den Galgenhügel hoch und dann auf direktem Weg heim.

Die Zürcherstraße ist vermutlich am schnellsten, schätzt er. Aber da herrscht viel Verkehr, und die Gefahr ist groß, dass man ihn sieht, was er gerne vermeiden möchte. Sein Hin und Her soll so unauffällig sein, wie es nur geht. Hintenrum via Galgenhügel ist länger, aber dafür diskreter. Ein Vorteil, der ihn überzeugt.

Am Teich entlang begegnet er keiner Menschenseele, nur auf der Breitematte hat er, eher schemenhaft, noch zwei Gestalten gesehen, die entweder verliebt waren oder Streit hatten. Auf der anderen Seite des träge fließenden Gewässers, das die Basler vor vielen hundert Jahren angelegt haben, um beim St. Alban-Tal die Wasserkraft für die Papiermühlen nutzen zu können, stehen Bäume. Hinter der dichten Hecke zu seiner Linken sieht er die Wohnhäuser an der Lehenmattstraße, in ein paar wenigen Fenstern brennt noch Licht. Das blaue Flimmern eines Fernsehgeräts in der einen Dachwohnung fällt ihm auf. Es sind nur noch ein paar Schritte bis zur Gabelung. Sein Fußweg biegt nach rechts ab und verläuft nun parallel zur Autobahn, die ein paar Meter weiter oben mitten in die Stadt gewuchtet wurde, als man noch so richtig klotzen konnte, wenn es um leistungsfähige Straßen ging.

Eine Brücke führt ihn zuerst über den Teich, dann, nach vielleicht dreißig Metern, beginnt der spiralförmige Aufgang. Zur Rechten liegen ein paar gut versteckte Schrebergärten. Die geheimnisvollsten Basels, weil man sie fast nicht wahrnimmt, da sie von drei Seiten von alten Bäumen umgeben sind und der Teich sowie der Abhang sie ebenfalls umfassen, sodass sie fast wie von einer Faust umschlossen sind.

In Basel darf man nicht in den Schrebergartenhäuschen übernachten. Was nicht bedeutet, dass es nicht doch gemacht wird. Aber jetzt, Anfang November, kommt wohl niemand mehr auf die Idee, das Gesetz zu brechen und in einem dieser simplen Bretterverschläge zu nächtigen. Es ist dunkel dort. Stockdunkel.

Aber Eddie hört einen Hund. Zuerst nur ein Winseln. Schwer auszumachen, wo das herkommt. Er ist jetzt auf den ersten Metern der Spirale, die zügig nach oben führt, sogar über das Niveau der Autobahn hinaus. Früher einmal soll es einfach ein Pfad mit einigen recht steilen Abschnitten gewesen sein, hat ihm seine Mutter mal erzählt. Im Zuge des Autobahnbaus hat die Stadt sich Ende der 70er-Jahre aber für diese Spirale entschieden, die sich um eine Stele herum, ein Kunstwerk von Ludwig Stocker, in die Höhe schraubt. «Einrollen, Ausrollen» heißt das Ding in der Mitte.

Wieder das Winseln. Lauter nun. Auch lauter als das konstante Rauschen der Autos auf der A2. Eddie bleibt stehen. Versucht zu eruieren, wo das Geräusch herkommt. Sicherlich von den Schrebergärten. Hat da jemand seinen Hund angekettet zurückgelassen? Muss er nachschauen?

Ist das seine Sache? Er findet, nicht. Läuft wieder los. Etwa in der Hälfe der Spirale ist es definitiv kein Winseln mehr, das er hört. Der Hund schlägt nun an.

Als Pöstler hat Eddie so seine Erfahrung mit Hunden. Aller Art. Große. Kleine. Laute. Leise. Alte. Junge. Er trennt sie der Einfachheit halber in zwei Kategorien: jene, die Männer in Uniform hassen, und jene, denen so ein Pöstler völlig egal ist. Gebissen wurde er bisher nur ein einziges Mal. Ein alter, kleiner, lauter Sauhund griff ihn unvermittelt an und erwischte seine Hand. Rechts. Dieselbe, an der er nun den Schnitt hat. Tat verdammt weh, hatte zur Folge, dass er eine Tetanusspritze erhielt und drei Tage krankgeschrieben wurde. Immerhin.

Seither passt er auf. Man hat ihm zwar verschiedentlich erklärt – und mit «man» meint er Hundebesitzerinnen, Tierärzte, Besserwisserinnen, Klugscheißer und selbsternannte Fachleute – dass es am klügsten ist, souverän zu bleiben, seines Wegs zu gehen und den Köter – egal welcher Art – zu ignorieren. Nur so werde das Tier zur Einsicht gelangen, dass sein Imponiergehabe völlig nutzlos sei.

Seine Erfahrung hat ihn eines Besseren belehrt. Ein böser, aggressiver Köter merkt ganz genau, dass er Eindruck macht, selbst wenn man souverän ist und einfach unbeirrt weitergeht. Oder dann erst recht.

Eddie ist sich nun sicher. Der kläffende Hund ist nicht unten bei den Schrebergärten. Das hässliche Geräusch kommt von oben. Weil dieser blöde Aufgang gleichzeitig im Kreis herumführt und steil ansteigt, Spirale eben, kann er noch nicht sehen, was ihn weiter vorne erwartet.

Ist der Hund an der Leine? Kommt ihm jemand entgegen?

Für einen Moment erwägt er umzukehren. Aber es wäre ein verdammt weiter Heimweg, den er in Kauf nehmen müsste. Das würde ihn bestimmt fast eine Dreiviertelstunde mehr kosten.

«Hallo?», ruft Eddie. «Halloooo!»

Das Hundebellen wird lauter und aggressiver, kommt aber nicht näher. Die Hoffnung, eine menschliche Stimme würde sich melden und irgendetwas sagen wie «Kommen Sie nur, der beißt nicht, und ich habe ihn an der Leine», erfüllt sich nicht.

Zögerlich geht er weiter nach oben. Nur noch zwei, drei Meter, dann hat er wieder einen schnurgeraden Weg vor sich und kann mindestens zehn oder zwanzig Meter weit sehen.

Der Regen ist stärker geworden. Es ist jetzt nach 23 Uhr. Auf der Autobahn ist es plötzlich sehr ruhig. Fast kein Verkehr mehr. Eddie ist nicht von ängstlicher Natur, aber in einer Nacht wie dieser in diesem isolierten Teil der Stadt, der, so paradox es klingen mag, nur ein paar Meter vom meistbefahrenen Autobahnabschnitt der Nordwestschweiz entfernt ist, befällt ihn ein ungutes Gefühl.

Was, wenn hier zwei Schlägertypen mit einem verdammten Kampfhund unterwegs sind und ihm nicht bloß einen Schrecken einjagen wollen, sondern wirklich Böses im Schilde führen? Was, wenn der Hund irgendwo abgehauen ist, Tollwut hat und sich in den nächsten Sekunden auf ihn stürzt? Was, wenn es ein Wolf ist? Ist ja noch keine zwei Monate her, seit gemeldet wurde, dass im nahen Südbaden, in der Nähe von Rheinfelden, ein Wolf eine Ziege gerissen hat. Und so ein Wolf, hat es geheißen, könne im Lauf eines Tages gut und gerne sechzig Kilometer zurücklegen. Das reicht locker.

Eddie geht trotzdem weiter. Sein Herz pocht. Sein verletzter Finger pocht. Er vermutet, dass er wieder blutet. Das macht die Sache nicht besser. Kann das Biest sein Blut riechen? Zieht es das geradezu magisch an?

«Chabis», sagt er sich. «Reiß dich zusammen!» Und geht weiter. Das Bellen ist nun eindeutig zu verorten. Es kommt von weiter vorne. Aus der Richtung, in die er geht. Sehen aber kann er nichts. Der Weg ist frei. Niemand kommt ihm entgegen. Weder Schlägertypen in schwarzen Kleidern mit über den Kopf gezogenen Kapuzen noch andere dubiose Gestalten.

Das verursacht in seinem Kopf ein schwer entwirrbares Durcheinander: Was er hört, macht ihm Angst. Was er sieht, sagt ihm: Geh einfach weiter. Da ist nichts. Du bist ein Schisshas.

Also geht er. Der Weg, nun eine Art Brücke etwa zehn Meter über dem Grund, macht nach fünfzehn Metern einen Links-/Rechtsknick. Dort wird er Teil des Hangs, flankiert diesen auf einer Galerie parallel zur Autobahn. Wegen des Knicks ist die Fortführung wiederum nicht einsehbar. Das Bellen lässt nicht nach. Eddie biegt um die erste Kurve. Nichts. Nur der Furor des jetzt scheinbar heiser werdenden Tieres ist zu hören. Um die zweite Kurve. Nichts. Nun geht es geradeaus und nach einer leichten Biegung hinauf zur Gellertstraße. Unter ihm ist die Autobahn. Drei Fahrspuren in Richtung Süden. Anschließend die Trassen der Bahn. Die Fahrbahn für die Autos in Richtung Norden ist verbaut, liegt hinter einer Wand mit Deckel drauf. Über den Wipfeln der Bäume zu seiner rechten Seite sieht er die ersten Häuser. Zivilisation. Menschen. Stadt. Eddie schwitzt. Er beschleunigt seine Schritte, obwohl ihm bewusst ist, dass er direkt auf den bellenden Hund zugeht. Aber es gibt kein Umkehren mehr. Wenn er Glück hat, sieht er oben auf der Brücke, die die Gellertstraße über Eisen- und Autobahn führt, vielleicht einen Velofahrer oder einen Fußgänger, dem er nötigenfalls zurufen könnte.

In dem kleinen, von einem Mäuerchen umgebenen Geviert zu seiner Linken meint er zu sehen, wie ihn zwei bernsteinfarbene Augen anblitzen. Irritierend ist, dass das Bellen aufhört. Es geht nun wieder in ein Winseln über. Dann ein Röcheln. Eddie stellt sich vor, wie der Hund – es muss ein großer Hund sein, ein kleiner hätte nicht dieses Stimmvolumen – nun geifert und sabbert und an seinem eigenen Geifer und Sabber zu ersticken droht.

Schnellen Schrittes geht er die letzten Meter den Hang hinauf zur schönen, breiten, hell beleuchteten Straße. Immer noch sprungbereit, darauf gefasst, einer möglichen Attacke ausweichen zu müssen.

Er sieht noch einmal die funkelnden Augen. Oder meint, sie zu sehen. Er hört das Winseln. Es ist nun fast ein Jammern. Aus seiner Angst wird unversehens Mitleid. Müsste er nicht zu dem Hund gehen und nach dem Rechten schauen?

Er lässt es bleiben. Er steht jetzt oben auf dem Trottoir. Wenn er die Straßenseite wechselt, ist er unmittelbar neben dem Gellertschulhaus. Mehrere Wohnblöcke, meist leicht nach hinten versetzt, von etwas Rasen umfasst, sind in unmittelbarer Nähe.

Eddie atmet auf. Ein kleines bisschen Blut kann er im Licht der nächsten Straßenlaterne an seinem Zeigfinger in Richtung Nagel fließen sehen. Der Regen fällt leise. Kein

Mensch ist in Sicht. Das Hundegebell hat niemanden aufgescheucht.

Siri

Es ist ein friedlicher Novembermorgen. Nach all dem Regen der letzten beiden Tage gibt sich die Sonne Mühe, für etwas Abwechslung zu sorgen. Die Luft ist kühl und frisch. Fast unglaublich: Weil es so lange – bis weit in den Oktober hinein – sommerlich warm war, hat David Friedrich erst vor zwei Wochen zum ersten Mal die Heizung aufdrehen müssen.

«Mich fröstelt», hatte Anuschka gesagt. Er war gerade aus dem Büro gekommen, hatte wieder einmal widerwillig Bestellungen erledigt und Rechnungen gebucht. Fragend hatte er Marie-Jo angeschaut, die elegante Elsässerin, die ein paar Jahre älter ist als er und schon bei seinem Vater «die gute Seele» war.

«Sie hat recht, David. Es ist höchste Zeit, die Heizung aufzudrehen.»

Isabelle, seine Lehrtochter, hatte nichts gesagt. Nur genickt.

Nun gut. Er findet es ehrlich gesagt jetzt auch angenehm. Und die Temperaturen werden wohl nicht noch einmal in Richtung der Zwanzig-Grad-Marke klettern. Selbst wenn diesem endlosen Sommer alles zuzutrauen ist.

Bei Marie-Jo sitzt Frau Wegmüller auf dem Stuhl. Isabelle hat ihr vor zwanzig Minuten die Haare gewaschen. Anuschka ist mit der alten Frau Trist beschäftigt. Und er erwartet in etwa fünf Minuten diese seltsame Meredith Jones. Noch keine drei Monate Kundin bei ihm. Wohnt in dem kühlen, aber eleganten Neubau unten bei der Letzimauer. Amerikanerin. Ihr Mann ist Forscher bei der Roche. Viel weiß er nicht über sie. Er schätzt sie auf etwa 45, also gleich alt wie er. Ist irgendwo in den Südstaaten aufgewachsen. Alabama oder Mississippi. Hat einen entsprechend heftigen Akzent. Aber gute, feste Haare. Sie ist keine Schönheit, aber sehr gepflegt. Trägt teuren Schmuck und einen Ehering mit Brillanten. Sie kann kaum Deutsch. Deshalb bedient er sie. Anuschkas Englisch ist rudimentär. Marie-Jo kann Französisch – logischerweise fließend –, Italienisch und zudem etwas Spanisch. Isabelle kann gut Englisch, aber als Lehrtochter darf sie noch nicht schneiden. Und Patrizia ist immer noch im Mutterschaftsurlaub.

Mrs Jones' Fremdsprachenkenntnis reicht so ungefähr für ein Grüezi und ein Adieu. Für «heiß», wenn beim Haarewaschen die Temperatur nicht stimmt, und «kalt», wenn es ihr zu frisch ist draußen. Oder drinnen.

Sie ist eine einfache Kundin. Will keinen komplizierten Haarschnitt, braucht noch keine Färbung, weil sich in ihren dicken, hellbraunen Haaren noch praktisch keine grauen verstecken. Er rechnet damit, dass sie nicht länger als eine Stunde im Geschäft sein wird.

Meistens kann sich David auf sein gutes Gedächtnis verlassen. Für die Beziehung zur Kundin ist es wichtig, dass er keine dummen Fragen stellt. Mit dumm meint er jene Fragen, die verraten würden, dass er bei ihrem letzten Schwatz nicht zugehört hat. Wenn er sich bei Mrs Jones zum Beispiel erkundigen würde, wie es ihrem Mann bei Novartis gefällt. Oder wie es ihren beiden Kindern geht. Sie, die kinderlos ist und das bedauert, wäre dann wohl zum letzten Mal im «Haargenau» an der St. Alban-Vorstadt gewesen.

«Wenn du dir all die Details nicht merken kannst, musst halt Notizen machen», hatte ihm Tess einmal geraten. Seine ehemalige Kollegin in Berlin, mit der er immer noch Kontakt pflegt, obwohl er seine Zelte dort abgebrochen hat.

«Schreib dir das Zeug auf, Davi.»

«Machst du das auch?», hatte er gefragt.

19

«Logo. Funktioniert aber nicht immer. Der Typ gestern? Der ältere Herr? Weißte noch? Der so schnell ne Fliege gemacht hat?»

«Ja. Ich weiß, wen du meinst.»

«Den hatte ich gefragt, wie es seiner Frau geht. Dabei hätt ich wissen müssen, dass es die nicht mehr gibt. Entweder weggelaufen oder weggestorben.»

«Und?»

«Hat angefangen zu heulen. Ging nichts mehr.»

Seit März ist David Friedrich wieder in Basel. Weil er so viele Jahre weg war, kannte er niemanden von der treuen Kundschaft mehr. Und er mochte ja nicht immer bei Marie-Jo oder Anuschka nachfragen. Also führt er seither tatsächlich Buch. Also nicht Rechnungen und so. Sondern eine kleine Stichwortsammlung zu seinen Kundinnen. Ergänzt mit Symbolen, die zeigen, ob die Kundin keine, billige, teure oder sehr teure Pflegeprodukte bevorzugt. Das ist noch ein Überbleibsel aus der Trickkiste seines Vaters. Genauso wie die «Bibel», das schwarze Auftragsbuch bei der Kasse mit all den Terminen drin.

Er sieht Mrs Jones kommen und öffnet ihr galant die Tür. Es fällt ihm sofort auf, dass sie anders ist als sonst. Ihre Augen sind stumpfer. Ihre Stimme bei der knappen Begrüßung ist leiser. Er hilft ihr aus dem Mantel, hängt das teure, schwere Ding an einen Bügel und bittet sie auf den Stuhl.

«The same procedure as last time, Mrs Jones?»

Ist ein kleiner Insiderwitz. Als Amerikanerin kannte sie den legendären Sketch «Dinner for One», der in der Schweiz und in Deutschland immer zu Silvester ausgestrahlt wird, nicht. Er hatte ihr davon erzählt.

Sie verzieht keine Miene. Schaut ihn im Spiegel nur mit großen Augen an.

«There is a problem, Mr Friedrich.»

«Aha. Tell me about it.»

Sie fährt sich mit der linken Hand durchs Haar, hält sie ihm hin. Stumm. Er sieht sofort, was sie meint. Sie hat ein paar ihrer Haare in der Hand.

«Oh. Haarausfall.»

«Yes.»

«Kann es geben. It happens.»

Und dann erzählt sie ihm, dass es ihr gerade nicht so gut gehe. Sie sei unruhig, nervös. Schlafe schlecht, und seit ein paar Tagen falle ihr eben jetzt auch noch auf, dass sie Haare verliert. Deutlich mehr als sonst üblich.

David merkt, dass dieser Termin doch nicht so einfach sein wird wie erwartet. Er muss die Dame beruhigen. Er muss ihr das Gefühl geben, als wäre sie hier bei ihm in einer Wohlfühlzone, wo alles, was sie gerade plagt, von ihr abfallen kann. Er senkt seine Stimme noch ein bisschen mehr als sonst. Und schlägt ihr vor, zuerst einmal zu waschen und sie solle sich doch entspannen.

Sie nickt.

Während des Waschens spürt er zwar, dass sie sich ein wenig fallen lässt und wie ihr das guttut. Aber er merkt auch, dass sich ihr Haar im Vergleich zum letzten Besuch verändert hat. Es ist weniger kräftig, an den Spitzen spröde, und er wäscht einige Haare aus.

Er redet nicht viel mit ihr. Fragt nur, ob die Temperatur okay sei, und massiert ihr ein bisschen länger als üblich den Kopf.

«Nur schneiden heute, Mrs Jones?»

«Ja, ändern Sie nichts. Und call me Meredith.»

«Gerne. Nennen Sie mich David.»

Er weiß jetzt nicht, ob er fragen soll, weshalb sie denn so unruhig sei, so nervös. Vielleicht sollte er besser warten, bis sie von sich aus eine Erklärung liefert. Oder mehr preisgibt?

Aber sie ist Amerikanerin. Die sind nicht so verschlossen oder zurückhaltend. Da läuft er eher Gefahr, als uninteressiert zu gelten, als gleichgültig. Also geht er in die Offensive.

Was denn los sei mit ihr, ob ihr vielleicht Basel nicht gefalle. Oder ob ihr der Sommer auch zu lang und zu warm gewesen sei.

«That's not it», sagt sie. «Ich liebe Basel, ich wohne so nahe am Rhein, dass ich an den heißen Tagen einfach Abkühlung finde, wenn ich sie suche. Und ich habe hier ein paar andere Expats kennengelernt, mit denen ich regen Kontakt habe. Wir sind in einer Art Club. Unternehmen Sachen zusammen, machen Ausflüge oder sammeln für irgendwelche Charities.»

«Hmm. Gut», sagt David. «Und Ihr Mann fühlt sich auch wohl hier?»

«Steve? Dem geht es sehr gut. Er fährt jeden Morgen mit der Fähre zur Arbeit, geht über Mittag joggen und kommt am Abend per Fähre wieder heim. Er liebt seinen Job. He really loves his job.»

Das sagt sie in einem Tonfall, wie es nur Amerikaner sagen können. Mit dieser tiefen Überzeugung, die ein Schweizer oder eine Schweizerin so nie hinkriegen würde.

Und so, wie Meredith über ihren Steve redet, ohne einen vielsagenden Augenaufschlag, ohne einen bösen Unterton, ohne die Andeutung von Distanz, Neid, Verabscheuung oder Gleichgültigkeit, ist es für David leicht erkennbar: Steve ist nicht das Problem. Nicht der Herd ihrer Unruhe und Schlaflosigkeit.

«It is this damn technology!», bricht es aus ihr heraus. Sie entschuldigt sich sofort für das Fluchen.

«What?»

«Technology!» Sie habe ständig Probleme mit dem Internet. Oder dann funktioniere die Programmierung des Backofens nicht oder die Uhr am Herd zeige plötzlich eine völlig falsche Zeit an. «But most of all it's Siri.»

«Siri?»

Sie tippt mit ihrem Zeigefinger auf ihre Apple Watch. Das dumme Ding melde sich zu Unzeiten. Unterbreche Gespräche mit ihren Freundinnen, gebe ihr sinnlose Ratschläge oder Hinweise.

«Really?», fragt David. Und kann sich ein Schmunzeln nicht verkneifen.

«Yes. And it's not funny, David», sagt Meredith und mustert ihn kritisch.

«Sorry, ich sehe, dass Sie das stresst, Meredith. Aber was will denn diese blöde Siri von Ihnen?»

«Ich fand sie am Anfang ganz toll. Das war noch in Boston, als mein Mann beim MIT arbeitete. Er schenkte mir sie zum Geburtstag, 11. Mai» – David macht sich in Gedanken eine Notiz – «und sagte, ich werde schon sehen, wie hilfreich das Ding sei. Was ja auch stimmt. Ich kann damit telefonieren, WhatsApp empfangen, Schritte zählen, ins Internet. Alles. Wirklich toll. Und am Anfang habe ich es auch toll gefunden, Siri um Hilfe zu bitten.»

David weiß durchaus, wovon sie spricht. Er würde zwar den Teufel tun und sich so ein Ding kaufen, es käme ihm auch nie in den Sinn, eine Siri oder eine Alexa oder wie all die digitalen Assistentinnen heißen, nach irgendetwas zu fragen, aber er weiß, dass auch Eddie solchen Sachen gegenüber sehr viel aufgeschlossener ist als er.

«Wofür haben Sie denn Siri gebraucht, Meredith?»

«Für Rezepte zum Beispiel. Oder wenn ich beim Einkaufen etwas auf Deutsch nicht verstanden habe. Oder etwas über ein Produkt wissen wollte. Oder wenn ich mich in der Stadt verlaufen hatte und Siri mir sagte, wie ich wieder zum Barefoot Platz finde oder zum Market Place.»

«Okay. Aber jetzt nervt Siri?»

«Yes. Very much so. Es hat damit angefangen, dass sie behauptete, ich sei am Trainieren, obwohl ich gemütlich daheim in meinem Lesesessel saß und ein Buch las. Dann fing sie an, mir Ratschläge zu geben, was ich besser nicht essen sollte. Oder sie spielte Musik ab mitten in der Nacht.»

«Werfen Sie doch das Ding fort!»

«Es ist nicht so einfach, David. Erstens ist die Uhr ein Geschenk von Steve, zweitens hilft sie mir wirklich im Alltag. Ich brauche sie.»

David schneidet ihre Haare um zwei Zentimeter kürzer, macht ihr ihre Jennifer-Aniston-Frisur wieder adrett und verliert dabei kein Wort mehr über die Haare, die nicht mehr an ihrem Kopf bleiben wollen, sich selbstständig machen. Und Meredith, nach ihrer Beichte oder wie man das auch immer nennen mag, schweigt nun ebenfalls. Sie beobachtet seine Handgriffe im Spiegel, hat sich kein Magazin reichen lassen, als Isabelle ihr sehr höflich eines angeboten hatte – «Thank you, but I can't read german» –, und David nimmt sich zwei Sachen vor: Meredith zu raten, sie soll den Haarausfall gut kontrollieren und allenfalls zum Arzt gehen wegen ihrer Anspannung und ihrer Unruhe. Und ein Abo für eine Frauenzeitschrift in Englisch zu lösen, damit all die Expats, die nun einen Teil seiner Kundschaft ausmachen, auch etwas zu lesen haben.

Die Frisur kommt gut. Etwa dreißig Minuten später fängt David an, Merediths Haar zu föhnen.

«Time to go!», meldet sich unvermittelt eine etwas metallisch klingende Frauenstimme. «Zeit zu gehen!»

Beide, Meredith und er, erschrecken.

«Shut up, Siri», faucht Meredith. Alle im Geschäft starren sie an. Sie hat es wohl lauter und aggressiver gesagt, als sie wollte. Meredith sieht die fragenden, staunenden, ablehnenden Augen. Und entschuldigt sich sofort.

Marie-Jo und Anuschka werfen David einen Blick zu. Er zuckt nur mit den Schultern. Was soll er auch tun? Hier und vor allen erklären, dass seine Kundin ein Problem mit Siri beziehungsweise ihrer Uhr hat?

Meredith fängt an zu schwitzen. Die fast trockenen Haare werden wieder feucht. David legt ihr beruhigend die Hand auf die Schulter. «Alles in Ordnung, Meredith. Regen Sie sich nicht auf. Nicht so schlimm.» Was er genau damit meint, führt er nicht weiter aus. Ist es nicht so schlimm, dass diese aufdringliche Siri sich ohne Grund und vor allem, ohne gefragt zu werden, eingemischt hat? Oder ist es nicht so schlimm, dass die kurze Szene im Laden für Kopfschütteln und Aufsehen sorgte?

Meredith jedenfalls fixiert ihn im Spiegel. Ihr Blick trifft ihn in der Seele. Weil aus ihren Augen Verunsicherung und Angst zu lesen sind.

«Es ist so peinlich, David, sorry», sagt sie.

«Ist es nicht. Alles gut.»

Nachher hilft er ihr wieder in den Mantel. Sie haben einen neuen Termin kurz vor Weihnachten vereinbart. Um beiläufige Konversation zu machen, hat er sie gefragt, ob Steve und sie für die Feiertage in die USA fliegen.

«Wir haben es geplant, ja. Deshalb ist mir dieser Termin wichtig. Ich will gut aussehen, wenn ich in New Orleans ankomme.»

Er begleitet sie aus dem Laden. Sie hat mit Kreditkarte bezahlt und zehn Franken Trinkgeld gegeben. Großzügig. Er bedankt sich bei ihr. Sie bedankt sich bei ihm. Geht in Richtung St. Alban-Tor davon. Also vermutlich heim. Sie tut ihm leid. Er hofft, dass sie ihre Probleme – oder ihr Problem? – in den Griff bekommt.

Ein Pfiff reißt ihn aus seinen Gedanken. Er ahnt, wer der Pfeifer sein könnte, und sucht die Straße links und rechts ab. Zuerst sieht er den gelben Elektro-Töff samt Anhänger. Also muss es wirklich Eddie sein, der seine Aufmerksamkeit erheischt. Dann sieht er seinen früheren Schulkollegen und neuen Freund aus dem Hauseingang weiter unten beim Architekturbüro kommen. Dort gibt es einen Hinterhof, in dem neuerdings auch ein renommierter Schweizer Verlag seine Büros hat.

Mrs Jones ist praktisch genau auf der Höhe von Eddie, der nun winkt. Sie ist etwas irritiert. Hoffentlich meint sie nicht, Eddie habe ihretwegen gepfiffen, denkt David. Aber Eddie winkt beständig weiter, bis David auch seine Hand hebt und den Gruß erwidert.

Mrs Jones kann die Situation nun richtig lesen. Sie schielt rasch zurück zu ihm, lächelt – zum ersten Mal an diesem Tag – und geht weiter.

Eddie grüßt die feine Dame mit einem charmanten Kopfnicken und ruft dann in Davids Richtung: «Wart rasch, ich muss dir was erzählen.»

Post

Es ist Eddie unschwer anzusehen, dass er ein großes, sofortiges Mitteilungsbedürfnis hat. Er kommt nicht ins Geschäft. Äugt bloß rein, sieht, dass zwei Kundinnen bedient werden, sieht Isabelle, winkt ihr herzlich zu, sieht Marie-Jo und Anuschka und sagt, ohne dabei jemanden anzusehen: «Hallo miteinander.»

Das ist der Moment, in dem David wieder einmal einfällt, dass Marie-Jo ihm ganz zu Beginn, als er «Haargenau» frisch eröffnet hatte, einmal zuraunte, er solle bei Eddie vorsichtig sein. Dieses «Pass auf!» hat sie seither nie genauer erklärt, und er war so dumm, nicht nachzufragen, was sie damit gemeint hat.

Eddie jedenfalls, der seinen Post-Töff samt Anhänger unmittelbar neben ihm auf dem schmalen Trottoir geparkt hat – eigentlich eine Zumutung –, plaudert los.

«Ich muss dir was erzählen.»

«Du bist ja schon dabei ...»

«Unterbrich mich doch nicht.»

«Sorry.»

«Also. Ich war vorgestern spät am Abend auf dem Heimweg ...»

«Von wo nach wo?»

Eddies Augen blitzen für einen kurzen Augenblick böse. «Jetzt lass mich erzählen.» Und dann sehr leise, damit es im Geschäft auch ja niemand hören kann: «Von unten nach oben.»

David begreift: Von Eddies «offizieller Wohnung» in der Breite, an der Froburgstraße, in die schöne Gartenwohnung an der Angensteinerstraße. Was es genau damit auf sich hat, weiß er immer noch nicht. Wird sich ergeben.

«Es hat geregnet. Es war kalt. Ich hatte mich geschnitten. Ich war angepisst und dann bin ich hintenrum heim. Also via Galgenhügel. Und da habe ich einen wütenden Hund gehört, der mir Angst gemacht hat.» (David hebt erstaunt eine Augenbraue. Eddie und Angst?) «Aber ich habe nichts gesehen. Höchstens ein paar bernsteinfarbene Augen. Habe ich mir das alles bloß eingebildet?»

«Was ist denn das für eine Geschichte, Eddie? Was erwartest du jetzt von mir? Dass ich dir sage, du leidest an Halluzinationen, oder dass ich dir bestätige, dass es diesen Hund wirklich gibt?»

«Egal, David. Hatte auf ein bisschen mehr Verständnis gehofft. Oder Interesse.»

Der Pöstler zieht eine Schnute. David tut es sofort leid, dass er die offensichtlichen Erwartungen des anderen nicht erfüllt hat.

«Ist jetzt vielleicht nicht so ein guter Moment, Eddie, sorry. Komm, lass uns mal wieder ein Bier trinken gehen, okay?»

Eddie sieht ihn etwas verunsichert an. Scheint aber versöhnt, und der Vorschlag mit dem Bier erfüllt seinen Zweck. Er schmunzelt.

«Gute Idee. Beim Iren? Ein Guinness? Morgen Abend?»

«Ja, machen wir. Hast du übrigens Post für mich?»

«Hätte ich fast vergessen.» Er greift in das Ablagefach hinten auf seinem Gefährt, klaubt drei Couverts hervor und drückt sie David in die Hand. «Du wirst reich. Da ist was vom Erbschaftsamt dabei.»

David ist verdattert. Reich? Erbschaftsamt? Das kriegt er ja irgendwie noch auf die Reihe. Aber dass Eddie das schon gesehen hat, stört ihn. Schaut der immer alles beim Sortieren durch? Darf er das? Natürlich darf er, das weiß David auch, aber diese Vorabinformationen des anderen passen ihm nicht.

Auf das «du wirst reich» geht er deshalb gar nicht erst ein. Runzelt bloß die Stirn, nimmt die Post entgegen und macht Anstalten, wieder ins Geschäft zu gehen.

«Morgen. 18 Uhr?», fragt Eddie, der sich wieder auf seinen Töff geschwungen hat.

«Reicht mir nicht. Wird wohl 19 Uhr.»

«Easy. Bis dann.» Und weg ist er.

Marie-Jo, immer aufmerksam, immer alle Antennen ausgefahren und aktiviert, sieht ihm sofort an, dass ihn irgendetwas beschäftigt. David geht wortlos in die kleine Küche, gönnt sich einen Kaffee aus dieser kleinen, jämmerlichen Kapsel-Maschine. Jetzt hätte er zwar Lust auf einen richtig starken Espresso von Mehmet nebenan, aber der hat vor zwei Monaten die Schlüssel abgeben müssen und ist auf Nimmerwiedersehen verschwunden. Seither ist die Beiz dicht, und David kann weder den Kundinnen noch den Mitarbeiterinnen noch sich selbst auf die Schnelle über die Straße einen ordentlichen Kaffee besorgen.

Er trinkt im Stehen. Die nächste Kundin wird bald auftauchen. Mit der Post in der Hand geht er ins Büro, nimmt den Brieföffner – auch noch eine Erinnerung an seinen Vater – und ritsch, ratsch, ritsch trennt er die Couverts sauber auf.

Nur das Erbschaftsamt interessiert ihn. Obwohl auf der Hand liegt, worum es geht. Wer außer ihm soll denn seinen Vater beerben? Die Frage ist bloß, wie viel es zu erben gibt und wie viel davon der Kanton Basel-Stadt für sich beansprucht.

Es kommt mehr zusammen, als er erwartet hatte. Das Haus, die Lebensversicherung, drei Konten bei verschiedenen Banken und ein kleines Aktienpaket. Am meisten ins Gewicht fällt das Reihenhaus im Neubadquartier. Obwohl es nichts Besonderes und wirklich klein ist, hat es einen geschätzten Marktwert von etwas über einer Million Franken.

Zusammen mit dem Rest ergibt das fast 1,5 Millionen. Davon krallt sich der Kanton – so heißt es in den Unterlagen, wenn er sie in der Eile richtig gelesen hat – zehn Prozent, also 150'000. Bleibt immer noch ordentlich was übrig.

Nur einen Moment setzt er sich. Ist sich seiner Gefühle unsicher. Soll er sich freuen wie ein kleiner Junge, der unter dem Christbaum die lang ersehnte Modelleisenbahn oder Playstation findet? Soll er sich grämen, dass Mutter und Vater nun in gewisser Art und Weise wirklich nicht mehr sind? Soll er übermütig werden, die nächste Kundin Kundin sein lassen und irgendwo einen heben gehen? Und wem um Himmels willen kann er eigentlich von seinem Glück – wenn es das ist – erzählen?

Der letzte Gedanke macht ihn traurig. Er fühlt sich wieder mal verdammt einsam. Die Sache mit Mirella Bellwald, die er im Geschäft kennengelernt hatte und mit der er vier schöne Sommermonate zusammen war, hat sich definitiv erledigt. Shioban ist in Cork. Verwandte hat er nicht. Die besten Freunde sind in Berlin. Eddie? Vielleicht. Der Kerl wüsste wohl auch am besten Bescheid, was er mit der Kohle alles anfangen könnte. Denn der Pöstler ist eine Wundertüte. Jedes Mal, wenn er sich mit ihm trifft, lernt er wieder eine neue, überraschende Seite seines Schulfreundes kennen.

«Chef?»

Marie-Jo steht unter der Tür. David hat sie nicht hinter sich geschlossen, und so musste sie auch nicht anklopfen.

«Marie-Jo? Was ist?»

«Frau Geiger ist hier.»

«Ich komme.»

«Alles in Ordnung bei dir, David?»

«Jaja. Hab grad Post vom Erbschaftsamt erhalten.»

«Bist du jetzt reich?»

«Fängst du auch noch damit an. Hat Eddie schon gefragt.»

«Was wollte der überhaupt?»

«Ach, irgendwas wegen eines Hundes.»

«Wurde er gebissen?» Ihre Frage, sie kann es nicht verhehlen, hat einen gewissen freudigen Unterton. Sie mag ihn nicht.

«Höchstens vom Affen. Ich treff ihn morgen Abend auf ein Bier.»

«Männerfreundschaft», lästert sie leise, aber immer noch laut genug, dass David es hören kann.

Er ignoriert es. Legt das Couvert in das Wandfach, in dem sein Vater Haarbüschel gesammelt hatte, und gibt sich einen Ruck. Denn Frau Geiger wartet.

Rheinblick

Fast zwanzig Jahre lang hat David Friedrich in Berlin gelebt. Wegen eines heftigen Streits mit seinem Vater nach dem Tod der Mutter hatte er die Schweiz verlassen und anderswo sein Glück gesucht. Seit Ende Februar ist er wieder in Basel. Er hat, fast aus einer Laune heraus, könnte man sagen, das Geschäft seines Vaters übernommen. Hat sich von zwei Mitarbeitenden getrennt, hat schon ganz am Anfang beschlossen, nicht in das Elternhaus im Neubadquartier einzuziehen, sondern diese Liegenschaft zu verkaufen, und hat sich – auch wegen der Nähe zu «Haargenau» – eine Wohnung unten am Rhein gesucht.

Dort fühlt er sich wohl. Überraschend wohl. Seit Anfang Mai seine letzten Sachen aus Berlin eingetroffen sind, ist die Drei-Zimmer-Wohnung seine Basis. Sein Daheim. Erbstücke, also Möbel oder Erinnerungen an seine Eltern, gibt es darin fast keine. Einen schönen Spiegel, der seiner Mutter und vorher der Großmutter gehörte, hat er. Ein alter Ohrensessel samt Schemel, den sein Vater einmal gebraucht gekauft hat und den er anschließend hat neu beziehen lassen, steht in seinem Büro. Und er hat dem Handwerkszeug seines Vaters in einer Holzkassette bei sich zu Hause einen Ehrenplatz zugeteilt.

Er kann nicht mit den Scheren des Vaters arbeiten. Sie passen nicht in seine Hand. Aber David ist es unmöglich, sich von ihnen zu trennen.

Sein Vater ist vor dem Spital überfahren worden. Er war auf der Stelle tot. Bis heute weiß er nicht, wer der Unfallfahrer war. Die Polizei will es ihm nicht verraten. Aber man hat ihm von Seiten der Behörden auch wiederholt klargemacht, dass es ein Unfall war. Also keine Absicht.

Mirella war nie bei ihm eingezogen. Dafür war die Affäre zu kurz gewesen. David hatte es sehr genossen, wieder eine Beziehung zu haben. Sex zu haben. Verliebt zu sein. Spontan verrückte Dinge zu tun. Mit 46 fühlte er sich drei, vier Wochen lang wieder wie 26.

Das Dumme war, dass er bei ihr Zweifel zu spüren begann. Während dreier Tage in Paris Mitte Juli hatte ihn Mirella einmal beiläufig gefragt, ob er nicht noch Pläne habe.

«Pläne? Was denn für Pläne?»

«Willst du Coiffeur bleiben? Bist du zufrieden mit deinem kleinen Geschäft?»

Er hatte sie nur angeschaut. Ihm hatte es die Sprache verschlagen. Was erwartete sie von ihm? Dass er Spitzenforscher bei der Roche oder der Novartis werden möchte? Eine Karriere als Investmentbanker ins Auge fasst? Chefpilot bei der Swiss wird? Führender Hirnchirurg? Und was genau meinte sie mit «kleinem Geschäft?»

Sie hatte gemerkt, dass sie ihn gekränkt hatte. Und sich sofort entschuldigt. Sie, die Fachstellenleiterin beim Kanton. Mit einem Masterabschluss in Kulturmanagement. Geschätztes Einkommen brutto pro Jahr: 135'000 Franken. (David hatte gegoogelt. Man redet ja in der Schweiz nicht über seinen Lohn, eher fällt man tot um.)

Aber die Fragen hatten wie langsam wirkendes Nervengift ihre schädliche Wirkung entfaltet. Auf der Heimreise im TGV. Beim nächsten Treffen in der Kunsthalle. Beim Sex.

Den Ausschlag gegeben hatte, wenig verwunderlich, eines der Telefongespräche mit seiner alten Kollegin Tess in Berlin. Die mit den vielen Piercings, den vielen Tattoos und dem unschätzbaren Talent, die Dinge auf den Punkt zu bringen.

Hatte sie ihm im März noch geraten, er solle sich wieder eine Frau anlachen, weil sonst Gefahr bestehe, er könnte «austrocknen», riet sie ihm jetzt zum Schnitt.

«Davi, mein Lieber, haste sie noch alle? Was willst du mit dieser Bitch?»

«Bitch?»

«Ja, du hast richtig gehört. Die ist eine arrogante, dumme Tussi, und du bist auf sie reingefallen. Hast wohl nur ihre schönen Beine gesehen. Den knackigen Hintern. Die spitzen Brüste. Hast wohl etwas zu viel Spaß zwischen den Laken gehabt. Versteh ich, Alter. Versteh ich. War ja auch höchste Zeit. Aber mach Schluss, okay?»

«Hmm.»

«Was, hmmm? Muss ich extra nach Basel kommen und dir die Ohren langziehen? Die meint, sie wär was Besseres. Bildet sich auf ihr dämliches Studium irgendwas ein.»

«Darf sie das nicht?»

«Meinste jetzt ernst, diese Frage, oder?»

«Sie hat einen Masterabschluss.»

«In irgendeinem Wischiwaschifach, das für unsere Gesellschaft ungefähr so wertvoll ist wie Hyaluronsäure. Glättet die Falten, und was kommt raus? Flaches.»

«Sag mal, wann kommst du jetzt nach Basel?»

«Lenk nicht ab. Solange du dich von dieser Kuh nicht getrennt hast, sowieso nicht.»

Das war Anfang August gewesen. Mirella ist Geschichte. Der Sommer ist vorbei. Tess bisher nicht in Basel aufgetaucht und er nun ein halbwegs wohlhabender Mann mit einem «kleinen Geschäft» in der Dalbe – wie die Basler St. Alban abkürzen.

Also hockt er jetzt wieder allein beim Nachtessen wie in den letzten zwölf Wochen oder so. Hat sich der Einfachheit halber wieder bloß eine Packung Tortellini gekocht, denkt mit Wehmut – wie immer – an Shioban und gönnt sich – auch wie immer – einen guten Tropfen Wein aus Apulien.

Das Essen ist okay. Unterer Durchschnitt. David schaut sich dazu die Abendnachrichten im Schweizer Fernsehen an.

Ist das seine Zukunft?

Er steht auf, geht zum alten Holzkasten, in dem er seine kleine Whisky-Sammlung versteckt hat – auch so eine Erinnerung an Shioban –, und hat bereits einen Tumbler in der Hand, als er sich bremst. Nein, sagt er sich. Heute Abend nicht. Du brauchst jetzt einen klaren Kopf, David. Und fang ja nicht mit Selbstgesprächen an! Mach eine saubere Auslegeordnung. Wovor hast du am meisten Angst? Was vermisst du am meisten? Was fängst du mit dem Geld an?

Schließlich zieht er die bequemen, etwas ausgelatschten Trekkingschuhe an, einen warmen Pullover, die wetterfeste Jacke darüber und geht nach draußen. Schwacher Wind weht, es ist nur knapp über null Grad, und innerhalb weniger Tage haben die Bäume fast alles Laub verloren.

In zwei Minuten ist er am Rhein. In der Dunkelheit kann er das breite Wasserband strömen sehen. Eine solide wirkende Masse, die fast den Anschein erweckt, als sei sie tragfähig. Kaum Wellen, kein Plätschern vom Ufer her. Nur das absolut gleichförmige Ziehen abwärts, der Nordsee entgegen.

Im Sommer um diese Zeit wäre es noch hell. Er würde noch Stimmen hören von unten, vom Wasser her. Denn er steht oben auf dem Trottoir beim St. Alban-Rheinweg. Er würde wohl auch noch Stimmen von Schwimmenden hören können, die sich auf der Kleinbasler Seite flussabwärts treiben lassen, um spätestens auf der Höhe der Dreirosenbrücke wieder auszusteigen. Denn weiter schwimmt man in Basel nicht. Dort fängt bald schon Deutschland an – rechtsrheinisch – und Frankreich – linksrheinisch.

Ein Paar kommt ihm entgegen. Hand in Hand. Wenn er sich nicht täuscht, sprechen die beiden Portugiesisch. Sie werfen einander verliebte Blicke zu, grüßen nicht, als sie ihn passieren.

Auf einer der Bänke sitzt ein älterer Mann und raucht in aller Ruhe einen fetten Joint. David hat den Typen schon öfter gesehen. Meist genau um diese Zeit. Er weiß nicht, wo er wohnt, aber es muss in der Nähe sein. Vermutlich hat ihm seine Frau, seine Partnerin – oder sein Partner? – gesagt, er soll das verdammte Kraut draußen rauchen oder auf dem Balkon, aber ganz sicher nicht in der Wohnung. Weil es stinkt.

Soll er ein paar Schritt rheinaufwärts gehen in Richtung Birskopf? Oder rheinabwärts in Richtung Wettsteinbrücke? Er zögert.

Beim ehemaligen Berater eines ebenso ehemaligen deutschen Bundestrainers brennt noch Licht. Seltsamer Kauz. Sitzt oft unten in kurzen Turnhosen in seinem gläsernen Büro, ohne irgendwelche Vorhänge zuzuziehen, falls es diese überhaupt gibt, und starrt in seinen PC. Denkt sich vielleicht immer noch Strategien aus. Bloß für wen? Der FC Basel kann es nicht sein.

Zwei Velofahrer diskutieren lautstark, während sie ihm in ordentlichem Tempo nebeneinanderfahrend entgegenkommen. Licht haben sie beide nicht an. Vermutlich gehen sie davon aus, dass sie ja rein akustisch schon hinreichend Aufmerksamkeit erregen.

Wenn er rauchen würde, würde er das jetzt tun. Aber die gute Dosis frische Luft hat auch schon so zu einer wesentlichen Erkenntnis geführt: Er ist hier daheim. Er will nicht mehr nach Paris, London oder Berlin, um dort « Pläne » zu verwirklichen. « Haargenau » ist sein Plan. Sein Team gefällt ihm. Die oberelegante Marie-Jo mit ihrer trockenen Art und ihrer Perfektion durch und durch. Die noch immer etwas unsichere Anuschka, die mit ihrer Offenheit und ihrer Herzlichkeit bei den Kundinnen gut ankommt. Isabelle, die Lehrtochter, die er auf sehr merkwürdige Art und Weise an Bord geholt hat.

Bei Patrizia ist er sicher: Die kommt nicht mehr wieder. Im Grunde weiß er das seit März. Was er im Geschäft niemandem bis jetzt verraten hat: Mario hat sich bei ihm gemeldet. Seine großspurigen Pläne in Mallorca haben sich in Luft aufgelöst. Vermutlich hat ihn sein Lover dort vor die Tür gesetzt. Mario hat nicht gebettelt und nicht geheuchelt. Hat ihm einfach die Situation geschildert und die Frage in den Raum gestellt, ob er, David, allenfalls Verwendung für ihn habe.

Er hat bis jetzt nicht geantwortet. Das Dilemma, wenn er Marie-Jo und Anuschka Glauben schenken darf, bleibt ja das Gleiche: ein Top-Mann, der aber ein derart bewegendes Privatleben führt, dass bisweilen seine Arbeit darunter leidet.

Und dieser Gedanke bringt David nun zum nächsten. Hätte er überhaupt noch einen Arbeitsplatz frei? «Haargenau» ist nicht riesig. Und die Möglichkeiten zu expandieren sind sehr beschränkt. Wenn er sein Büro und die Küche opfern würde, wäre das die perfekte Lösung. Aber dann müsste er dort in dem uralten Haus noch ein oder zwei Zimmer dazu mieten.

Was ihn zum Thema Geld bringt: Expandieren kostet. Aber er kann sich das jetzt problemlos leisten. Denn für den Moment ist er mit der Mietwohnung mehr als zufrieden. Etwas kaufen? Eine Wohnung? Ein Haus? In Basel? No way. Viel zu teuer alles. Aber mit Mario – oder sonst einer oder zwei Ergänzungen – könnte er auch den Umsatz steigern, und die Kosten für die zusätzlichen Räume wären rasch wieder eingespielt.

Hmm. Sinnvoll investiert ist Geld dann, wenn es sich durch die Investition vermehrt. Simple Weisheit. Aber sie erfordert zwei Dinge: Mut, etwas zu ändern. Und Durchhaltewillen, wenn man den ersten Schritt einmal gemacht hat.

Wie aus dem Nichts bellt ihn ein Hund an. Er hat den Köter nicht kommen sehen, denn Herr und Tier waren hinter ihm. Er war wohl zu sehr in Gedanken versunken und hat ein bisschen Tempo rausgenommen. So konnten sie aufholen.

Der Hund ist nicht groß, ein Spaniel oder sowas. Oder vielleicht ein Border Collie? Aber er zeigt Zähne, kläfft, fixiert ihn. Und vor allem wird er nicht zurückgehalten. Ist nicht an der Leine.

«Terry!», hört David nun eine Stimme in seinem Rücken. «Terry. Kommst du zu mir!»

Der Hund stoppt. Hört auf, ihm den Weg zu versperren. Bellt ihn aber noch zwei Mal wütend an.

«Terry! Es reicht. Hör auf. Lass den Mann in Frieden!»

David ist längst stehengeblieben. Hat ihm sein Vater mal beigebracht: «Am besten nicht rühren. Ja nicht hektisch werden oder gar die Flucht ergreifen.» Nun gut. Angenehm ist die Situation nicht. Der Hund ist sichtlich erbost. Weshalb auch immer.

«Tut mir leid», sagt der Mann, der nun unmittelbar hinter ihm ist. «Ich weiß nicht, was in ihn gefahren ist. Er macht das sonst nicht.»

«Schon okay», antwortet David, beschwichtigend. Auch wenn er es ganz und gar nicht okay findet. Aber er fürchtet, wenn er jetzt mit dem Mann Streit anfängt, wird der Hund erst recht austicken. Lieber entschärft er die Situation.

Der Mann nimmt seinen Terry an die Leine. Unter den Platanen ist die Straßenbeleuchtung nicht sehr hell. Hinzu kommt, dass er ungefähr in der Mitte zwischen zwei Laternen steht. Der Mann hat einen schäbigen, alten Mantel an, klobige Schuhe, einen Hut mit Krempe auf dem Kopf und trägt einen zerzausten Bart im schmalen Gesicht. Im Mundwinkel hängt eine Kippe. Seine Augen versteckt er hinter einer Brille mit dicken Gläsern.

«Wünsche einen schönen Abend», sagt der Kerl. Greift zum Gruß an den Hutrand. Seine Stimme ist angenehm. Überhaupt nicht rauchig oder kratzig oder dünn, wie es vielleicht zu der äußeren Erscheinung passen würde.

David fällt es schwer, sein Alter zu schätzen. Zwischen 30 und 55 ist nichts ausgeschlossen. Und was ihn auch überrascht: Der Mann holt mit großen Schritten weit aus, fast könnte man meinen, er habe eine Verabredung, zu der er pünktlich erscheinen müsse, und sei zu spät dran.

Er wartet einen Moment. Gewährt Herrn und Hund Vorsprung. Stützt sich mit beiden Händen auf das Geländer, hinter dem die Böschung steil zum Rhein hinunterführt. Erst als er den Menschen und sein Tier nicht mehr ausmachen kann, diese von der Dunkelheit verschluckt sind, geht er weiter.

«Seltsames Paar.»

David erschrickt. Dann erst sieht er die alte Frau auf der Bank neben der Platane vor ihm.

«Sonst bellt er immer mich an. Vielleicht hat er heute Abend etwas verwechselt.»

«Kann sein», sagt David. «Gute Nacht.» Er hat beschlossen, umzukehren, heimzugehen. Und er hat null Lust, sich mit der Frau zu unterhalten. Denn irgendetwas stimmt nicht mit ihr.

«Gute Nacht, Herr Friedrich. Grüßen Sie Ihren Vater von mir!»

Guinness

«Das hat sie gesagt? Bist du sicher, David?» Und dann, zur Bedienung mit dem hübschen, sehr echten irischen Akzent: «Bitte, Mam, noch ein Guinness.» Eddie ist in seinem Element.

Die junge Frau mit den wilden, dunkelblonden Locken, die mit wenig Aufwand wirklich toll geschnitten werden könnten – vor allem im Stirnbereich –, bleibt stehen und schaut jetzt David fragend an.

«Ja, gerne mir auch noch eins. Und bringen Sie uns bitte eine Portion Nachos mit Fleisch drauf. Und vielen Jalapeños.»

«Coming up!», sagt sie strahlend. Ihre Augen gefallen ihm. Und ihre Figur auch. Schwarz steht ihr gut.

«Hallo!? Eddie an David. Bist du bei mir?»

«Jaja, klar.»

«Hab so meine Zweifel.» Eddie ist guter Laune. Die beiden Guinness tragen das ihre dazu bei. «Also, noch einmal, Herr Coiffeur: Hat die alte Frau das wirklich gesagt?»

«Ja. Wirklich. ‹Grüßen Sie Ihren Vater von mir, Herr Friedrich.›»

«Und du weißt nicht, wer sie ist?»

«Eddie. Es war dunkel. Sie saß etwas vornübergebeugt auf der Bank, und ich hatte echt keine Lust, mich mit ihr zu unterhalten. Nachdem mich dieser Sauhund fast gebissen hätte, reichte es mir. Übung abbrechen, war meine Devise. Heimgehen. Da wollte ich doch nicht mit der alten Hexe plaudern.»

«Ich versteh das nicht. Sie weiß, wer du bist, sie kennt deinen Namen, sie richtet Grüße an deinen Vater aus, und du läufst einfach weg?»

«Mein Vater ist seit bald einem Jahr tot. Die hat sie doch nicht mehr alle. Was hätte ich denn deiner Meinung nach sagen sollen?»

«Eben. Zum Beispiel, dass dein Vater tot ist. Dass du keine Grüße mehr ausrichten kannst.»

«Dazu hatte ich keine Lust. Und ich sah keinen Sinn darin.»

«Hmm. Beschreib sie nochmal bitte. Wie groß, würdest du sagen, war sie?»

«Eher klein. Alt. Vornübergebeugt. Und ihre Schuhe sahen aus – lach jetzt nicht – wie Tigerfinken. Du weißt schon. Diese Pantoffeln mit dem auffälligen Muster und dem roten Rand. Wie früher.»

Eddie fängt trotz Vorwarnung an zu lachen. Verschluckt sich fast an seinem letzten bisschen Guinness. Er winkt ab, bringt aber keinen Pieps heraus. Gibt ihm zu verstehen, dass er schnell aufs Klo muss – kaum verwunderlich nach all dem Bier –, und verschwindet.

David fragt sich, was an Tigerfinken so lustig ist. Eddie ist schon ein komischer Kauz. Aber immerhin einer, der richtig herzlich lachen kann. Kein Griesgram, kein moralinsaurer Klugscheißer. Und auch kein Dummkopf. «Der Pöstler?», hatte sich Tess gewundert. «Du hast einen Freund, der Briefträger ist?» Er hatte sie dann daran erinnert, dass das ein ehrenwerter Beruf ist. Was sie mit «nicht gerade sehr abwechslungsreich» gekontert hatte. Worauf er gesagt hatte – und das war unmittelbar nach der Sache mit Mirella gewesen: «Und Coiffeurin findest du besser?» Womit er Tess – das erste Mal seit langer, langer Zeit – zum Schweigen gebracht hatte. Wenn auch nur für einen kurzen Augenblick.

Er mag Eddie. Der ist ein Buch mit sieben Siegeln. Viel komplexer, als er den Anschein erweckt. Und immer positiv.

Vielleicht müsste er seinen Freund auch mal fragen, ob er nicht noch Pläne habe für sein weiteres Leben.

Eddie kommt retour. Bleibt noch an einem Vierertisch stehen, schlägt dort einem Typ, der nach Banker oder Anwalt aussieht, zwei Mal kurz auf die Schulter, wechselt ein paar Worte und steuert dann den Tisch an, an dem David und zwei neue, volle Gläser Guinness warten.

«Tigerfinken», sagt er, als wäre er nie weggewesen.

«Großartig. Das ist bestimmt Frau Abächerli.»

«Und wer ist Frau Abächerli?»

«Alte Frau. Etwas verwirrt. Sie sitzt gerne unten am Rhein. Früher ging sie auch regelmäßig schwimmen, hat sie mir mal erzählt. Aber ihr Orientierungssinn ist futsch. Manchmal geht sie verloren.»

«Und warum weißt du das alles? Lass mich raten: Das ist wieder einmal dein erweitertes Briefträgerwissen ...»

Eddie trinkt einen Schluck. Nimmt ein paar Nachos, sagt aber für ein, zwei Minuten nichts. Ein untrügliches Zeichen, dass ihm etwas nicht in den Kram passt. So viel hat David inzwischen gelernt.

«Ich habe manchmal das Gefühl, dass du mir nicht zuhörst. Oder dir egal ist, was ich mache, David. Seit der Sache mit all den Frauen aus dem Daig solltest du wissen, dass meine Route oben im Gellert ist. Nicht unten in der Breite.»

David schluckt einmal leer. Es ist ihm tatsächlich ein bisschen peinlich. Er könnte jetzt kontern und sagen, Eddie kenne bestimmt auch nicht den Unterschied zwischen einer Effilierschere und einer Haarschere. Aber er weiß: Das wäre kindisch. Und er weiß eigentlich auch ganz genau, dass Eddie, obwohl ein Fuchs, allergisch reagiert, wenn er das Gefühl hat, man nehme ihn oder seinen Beruf nicht ernst. Man halte ihn für dumm oder ungebildet.

«Sorry, Eddie.»

«Entschuldigung akzeptiert.»

«Und woher weißt du nun, wer Frau Abächerli ist und dass sie gerne Tigerfinken trägt?»

«Weil ich diese untere Route, wie wir sie nennen, aushilfsweise manchmal auch mache!» Er lacht.

David nicht. «Du bist so ein Arsch. Erst machst du mir ein schlechtes Gewissen und dann das.»

«Beruhig dich. Du hast ja vor zwei Minuten gerade zugegeben, dass du nicht über meine verantwortungsvolle Arbeit Bescheid weißt. Und zudem ist es auch nicht die ganze Wahrheit. Frau Abächerli wohnt drei Häuser weiter unten an der Froburgstraße. Ich laufe ihr gelegentlich über den Weg.»

«Genau, Eddie. Das wollte ich dich schon lange fragen: Was hat es eigentlich mit den beiden Wohnungen auf sich? Und wie kannst du dir das leisten? Und werde bitte nicht gleich wieder hässig, wenn ich dich das frage, aber als Pöstler zwei Wohnungen ... Davon eine an der Angensteinerstraße, die ein wahres Bijou ist. Nicht schlecht, Herr Specht.»

«Geh mal davon aus, dass ich neben meiner Stelle als Pöstler – mit Staatspension und ein paar Benefits – auch noch eine Art Nebenjob habe.»

«Aha. In welcher Art?»

«Das kann ich dir hier nicht erklären, David. Hier hat es zu viele Ohren, in die Wissen eindringen könnte, das nicht für sie bestimmt ist.»

«Klingt ja spannend. Sag mir nur so viel: Ist es legal, oder muss ich damit rechnen, dass du eines Tages – vielleicht jetzt – vor meinen Augen hopsgehst und dich ein paar Beamte in Gewahrsam nehmen?»

«Du meinst den Fahnder der Polizei da hinten?» Er zeigt auf den Typen, dem er vorher die Hand auf die Schulter gelegt hat. «Nein, nein, der sitzt nicht meinetwegen hier und versucht, mich auszuhorchen. Ist alles völlig legal. Wie gesagt:

ein Nebenjob, der hin und wieder ein paar Franken extra in die Kasse spült.»

Sie trinken und essen weiter. Nach dem dritten Guinness spürt David eine heitere Gelassenheit und eine nachlassende Sicherheit auf seinen beiden Beinen. Er verzichtet auf ein weiteres, und sie teilen sich die Zeche.

Gegen 22 Uhr schwingt sich Eddie auf sein Velo. David spaziert heim. Zwanzig Minuten, die ihm guttun werden.

Spinnen

«Der spinnt doch», schnödet Marie-Jo am nächsten Morgen, als David während einer Pause Isabelle und ihr vom unheimlichen Erlebnis mit dem Hund erzählt, den Eddie auf seinem Heimweg beim Galgenhügel gesehen haben will. «Ich wusste immer, dass er nicht der Hellste ist, unser Pöstler.»

«Sag ihm das ja nicht, Marie-Jo», warnt David. «Da reagiert er sehr empfindlich.» Dass Eddie einmal bei einer Klassenzusammenkunft fast ausgeflippt ist, weil ihn Jean-Claude, der Apotheker, und Melanie, die Direktionsassistentin, mit blöden Sprüchen über seinen «simplen» Job aufgezogen hatten, braucht er ihr ja nicht zu erzählen. Too much information. David kennt das selbst auch. Nicht aus Berlin. Da galt er in der Szene als Kult-Coiffeur und genoss Anerkennung bei Hinz und Kunz. Aber aus Basel. Bei all den Mehrbesseren – wie man so sagt – im Gellert und in der Dalbe, bei all den Professoren, Direktoren und Investoren genießt er als «Hörlifilzer» nicht gerade große Anerkennung. Zu dumm, um was Besseres zu werden. Oder zu wenig ambitiös. Das dürfte der Tenor sein.

Wenn er ehrlich mit sich ist: Als er Isabelle kennengelernt hat, als der Herr Pfarrer Anfang des Jahres mit ihr im «Haargenau» auftauchte und sondierte, ob das Mädchen (die junge Frau!) hier eine Lehre beginnen könnte, wunderte er sich selbst ja auch. Vor allem, als er ihr Zeugnis sah. Warum wollte sie nicht studieren? Oder an eine Fachhochschule?

«Weil ich in diesem Beruf sehr schnell selbstständig werden kann, wenn ich gut bin», hatte sie ihm später einmal gesagt. «Und das ist mein großes Ziel: möglichst schnell auf eigenen Beinen stehen und selbst Entscheidungen treffen.»

«Aber er spinnt wirklich!», beharrt Marie-Jo auf ihrer Meinung. «Mir ist er irgendwie unheimlich. Il a une double face. Ein zweites Gesicht. Sagt man das so?»

«Ja, sagt man.»

«Stimmt es nicht?»

«Ich weiß, was du meinst, Marie-Jo. Aber ich glaube, du täuschst dich darin, wie sein zweites Gesicht aussieht.»

«Wie denn?»

«Schlau.»

Sie steht auf, geht zur Spüle. Wäscht ihre Kaffeetasse aus. Mit dem Rücken zu David und Isabelle sagt sie: «Sehr schlau, wenn er meint, er werde nachts von einem geifernden Hund verfolgt, den er nicht einmal sieht und den es bestimmt auch nicht gibt. Du solltest nicht immer glauben, was er erzählt, David. Ich wollte dich schon lange warnen.»

«Isabelle, was meinst du?», will David wissen. «Du bist vielleicht nicht so voreingenommen wie Marie-Jo.»

«Ich finde ihn irgendwie creepy.»

David seufzt. Marie-Jo nickt anerkennend. Fehlt bloß noch, dass sie der Lehrtochter applaudiert ... Er verzichtet geflissentlich darauf, genauer erfahren zu wollen, was die Siebzehnjährige mit «creepy» meint.

Isabelle steht nun auch auf, weil Marie-Jo ihre Tasse mittlerweile abgetrocknet und wieder ins Regal gestellt hat. Gerade als David sich erhebt, ist im Geschäft ein lauter Schrei zu hören. Anuschka. «Chef!», ruft sie.

David lässt die Tasse stehen, verlässt die kleine Küche, ihren Pausenraum. «Was ist los?»

«Spinne! Riesig! Dort oben in der Ecke.»

David denkt: Frauen! Bleibt cool und lässt sich das Ungeheuer zeigen. Anuschkas Kundin macht Gott sei Dank keinen Wank. Bleibt im Stuhl sitzen und scheint einfach darauf zu warten, dass Anuschka weiterschneidet. Hätte gerade noch gefehlt, dass die auch panisch reagiert. Aber sie ist Anfang sechzig, durch die Schule des Lebens gegangen, hat das eine oder andere durchgestanden. So eine harmlose Spinne kann sie nicht weiter erschüttern.

David muss, aber das behält er für sich, zugeben, dass dieser Achtbeiner, tiefschwarz, etwas auffällig behaart, doch eine Nummer größer ist als üblich. Aber er weiß, er darf nun vor «seinen» Frauen unmöglich zögerlich wirken. Mit klarer Stimme und mit beiden Beinen fest auf dem Boden stehend weist er Marie-Jo an, ihm ein großes Glas zu bringen. Isabelle bittet er, ihm den Bierdeckel zu holen, der auf der Ablage beim Fenster liegt. Sein übliches Material für solche Fälle. Er selbst geht ins Büro und holt den Klapptritt. Denn auch mit seinen 1,83 reicht er nicht bis in die Ecke hinauf.

Als er alles beisammenhat, was er braucht, fast wie ein Chirurg vor einer Operation, schreitet er zur Tat. Immer in der Hoffnung, die verdammte Spinne würde ähnlich gelassen bleiben wie er und sich nicht überlegen, a) wegzurennen oder b) zu springen, nähert er sich ihr mit dem Glas in der Hand.

Seine Mutter hätte auch geschrien. Oder den Staubsauger geholt, um den Krabbler so zu entfernen. Sein Vater dagegen hatte ihm schon als Junge eingebläut, dass die Spinne ein Nützling sei und keinesfalls getötet werden solle. Er hatte ihm auch die hundertfach erprobte Methode der schonenden Entfernung beigebracht: in einer raschen und präzisen Bewegung das Glas so über das Tier stülpen, dass ihm keine Beine eingeklemmt oder abgerissen werden. Einen Karton, nicht zu dick, nicht zu dünn, vorsichtig zwischen Glas und Wand (oder Decke) schieben, wobei es zu beachten gilt, dass man das Glas nur gerade so weit anhebt, dass der Karton eingeschoben werden kann – aber nicht so weit, dass die Spinne den Ausweg sieht und nutzt. Dann das Glas samt dem Karton, den man festpressen muss, umdrehen, sich bei der Gelegenheit die

Spinne einen Moment näher besehen, ein Fenster öffnen, das Glas mit der Öffnung nach unten drehen, in einem Zug den Karton entfernen und heftig schütteln, bis man sicher ist, dass der unerwünschte Mitbewohner von den Mächten der Gravitation zur Erde gezogen wurde.

Genau so macht es David auch in diesem Fall.

«Ich habe solche Angst vor Spinnen», sagt Anuschka. Als wäre das nun noch nötig.

«Ich auch», meint Isabelle. Nur Marie-Jo und die Kundin finden es überflüssig, zu dem Thema etwas beizutragen. Anuschka, sichtlich erleichtert, sagt: «Danke, Chef.» Als habe er sie aus einer Notlage befreit. Die Kundin macht einen vielsagenden Augenaufschlag, den Anuschka aber nicht mitkriegt.

Bis zum frühen Nachmittag ist die Spinne kein Thema mehr. Erst als Eddie gegen 13 Uhr rasch ins Geschäft kommt, David die Post in die Hand drückt und sich, offensichtlich in Eile, wieder verabschiedet, sagt Marie-Jo trocken: «Der eine fürchtet sich vor Geisterhunden, die andere vor Spinnen.»

Anuschka nimmt den Ball sofort auf: «Und die anderen sind so kaltblütig, dass ihnen gar nichts Angst macht.»

Marie-Jos Killerblick als Reaktion ist unvermeidlich. «Ich habe Angst, meinen Job zu verlieren oder vom Auto überfahren zu werden oder krank zu werden. Aber sicher nicht vor solchen Sachen.»

Daraus entspinnt sich im Verlauf des Nachmittags eine Diskussion, die – wegen der Konzentration bei der Arbeit oder wegen nerviger Kundschaft – zwar immer mal wieder unterbrochen wird, zu der aber alle ihren Teil beitragen.

David mag das. Er findet solche «Tagesthemen», wie er das nennt, für das Team wichtig. Während Marie-Jo bei ihrer nüchternen Betrachtungsweise bleibt, verrät Anuschka, dass sie auf Horrorfilme steht, sich aber gleichzeitig kaum getraut, diese anzuschauen. «Ich weiß, ich weiß, ich bin sehr schreckhaft. Aber Schlangen, Spinnen oder Monster machen mir wirklich große Angst. Ich lasse daheim am Abend in den Zimmern immer alle Lichter brennen. Tim schimpft deswegen oft. Aber wenn wir einen Horrorfilm angesehen haben, macht auch er immer zuerst das Licht an, bevor er in ein Zimmer geht.»

David erzählt, dass er als Kind immer am meisten Angst vor Stimmen hatte. Die Märchenerzählungen von Trudi Gerster, der die halbe Schweizer Kinderschar an den Lippen hing, habe er nicht ausgehalten, gesteht er. «Sie konnte mir riesige Angst einjagen.» Dann fällt ihm «Twin Peaks» ein. Die Szene mit dem Zwerg im roten Anzug, der rückwärts gesprochen hat. Anuschka und Isabelle sagt die Serie von David Lynch nichts. Marie-Jo schon. «Harmlos», sagt sie, etwas herablassend.

«Ich war fünfzehn oder sechzehn damals», fährt David fort, ohne sich von Marie-Jo beeindrucken zu lassen. «Wenn ich bei Martin, meinem Schulfreund, war, haben wir uns das angesehen. Und ich gebe zu: Ich hatte richtig Angst. Einmal musste ich nachher – es war schon fast Mitternacht – noch heimlaufen, weil ich wusste, dass meine Eltern kontrollieren würden, ob ich Wort gehalten hatte und nicht irgendwo auswärts schlief. Ich hatte wirklich Schiss.»

Die Einzige, die noch nichts gesagt hat, ist Isabelle. Aber David sieht, dass sie nur noch ein wenig Zeit braucht, um den anderen schließlich auch zu verraten, wovor sie sich fürchtet. Sie ist nicht auf den Mund gefallen oder scheu. Aber sie ist – eigentlich erstaunlich – in gewisser Weise reifer als Anuschka. Klüger vielleicht auch. Sie hat eine Instanz zwischen Hirn und Mund, die stets kontrolliert, was sie sagt. Es kommt ganz selten, fast nie, etwas ungefiltert aus ihr heraus.

Er mag das. Dadurch geht ihr, die in speziellen Familienverhältnissen aufgewachsen ist, zwar etwas Spontaneität verloren, sie wirkt sehr kontrolliert, aber der Vorteil ist: Es hat fast immer alles Hand und Fuß.

Anuschka und Marie-Jo scheinen auch gespannt darauf zu warten, doch wegen Kundschaft kommt Isabelle vorerst nicht dazu, ihre Sicht der Dinge darzulegen. Erst gegen Mitte des Nachmittags – die jüngere Frau, die sich vom Chef bedienen lässt, und die ältere Dame, die konzentriert in einem Modeheft liest, während Anuschka schneidet, lassen sich vom Geplauder im «Haargenau» offensichtlich nicht weiter stören oder ablenken – nimmt Isabelle den Faden wieder auf. Marie-Jo, die damit beschäftigt ist, ihren Arbeitsplatz sauber zu machen, um für die nächste Kundin bereit zu sein, fährt zwar unbeirrt fort, aber die anderen erkennen unschwer, dass sie zuhört.

«Um euch nicht länger auf die Folter zu spannen», fängt Isabelle an. Ihre Stimme ist gedämpft, aber sie lächelt. «Für mich sind es weniger Gespenster oder Stimmen oder sowas, die mir Angst einjagen. Aber es gibt zwei ziemlich verschiedene Sachen, die mich aus der Fassung bringen können. Und mir in gewisser Weise Angst machen. Das eine sind Déjà-vus. Das andere Stalker.»

«Déjà-vus?», wundert sich David.

«Ja, kennst du das nicht?»

«Doch, klar. Aber bist du dafür nicht zu jung?»

«Hat das etwas mit dem Alter zu tun?»

«Ich weiß es nicht.»

«Überhaupt nicht», mischt sich Marie-Jo ein. «Ich habe das nicht oft, aber als ich so alt war wie du, Isabelle, hat das bei mir auch angefangen.»

«Und findest du es auch unheimlich, Marie-Jo?», will Isabelle wissen.

«Ja, sehr. Die Erinnerung oder das Gedächtnis oder was auch immer spielt dir einen Streich. Du bist der festen Überzeugung, eine bestimmte Situation schon einmal erlebt zu haben.»

«Genau. Mich wirft das für einen Moment immer aus der Bahn. Vor ein paar Tagen ist es mir wieder passiert. Ich war mir ganz sicher, die Unterhaltung zwischen Anuschka und einer Kundin schon genau so einmal erlebt zu haben.»

«Das war kein Déjà-vu», sagt David. «Das ist typisch Anuschka. Die redet mit allen, die bei ihr auf dem Stuhl sitzen, immer das Gleiche ...»

Kommt nicht gut an, der kleine Scherz. Anuschka schenkt ihm einen indignierten Blick, Marie-Jo schüttelt den Kopf, um ihm zu verstehen zu geben, dass das jetzt eher dümmlich war, und auch an der Reaktion von Isabelle ist leicht erkennbar, dass sie gewünscht hätte, er würde sie ernst – oder ernster – nehmen.

«Auf jeden Fall bin ich erschrocken. Ich frage mich dann immer, wie das sein kann. Gibt es Lücken oder Löcher im Raum-Zeit-Kontinuum? Spielt das Hirn verrückt, weil es Sachen durcheinanderbringt oder ist einfach ein gespeicherter Datensatz in der falschen Schublade abgelegt worden? Der Hippocampus ordnet ja das nachts alles ein und legt es im Langzeitgedächtnis ab.»

«Halt, halt, Isabelle. Was redest du da? Raum-Zeit-Kontinuum? Hippocampus? Wer bist du eigentlich, dass du solche Begriffe kennst?»

«Ich habe doch gesagt: Mir macht solches Zeug Angst. Deshalb habe ich kürzlich mal ein bisschen nachgelesen. Bei Wikipedia und so. Ich hatte gehofft, ich finde eine plausible Erklärung.»

Die anderen schauen sie mit großen Augen an. Auch die ältere Dame hat ihr Modeheft achtlos auf dem Schoß liegen und vorsichtig ihren Kopf mit den erst zur Hälfte geschnittenen Haaren Isabelle zugewandt. Nur die jüngere Kundin, die bei David im Stuhl sitzt, kriegt nichts mit. Sie hat Stöpsel in den Ohren, während er ihr die Spitzen schneidet, und hört Musik.

«Ist nicht so wild, wie ihr jetzt tut. Und ich will auch nicht Eindruck schinden oder so.» Schon fast entschuldigend sieht Isabelle eine nach der anderen an. Zum Schluss ihren Chef. «Echt. Keine Aufregung.»

«Dann verrat uns doch mal, was es mit den Stalkern auf sich hat, Isabelle», fordert David sie auf.

«Das ist einfach. Ich finde es schrecklich, wenn man merkt, dass jemand einen die ganze Zeit beobachtet. Wenn man merkt, dass jemand so krankhaft von einer anderen Person besessen ist, dass er ihr nachstellt. Das ist ganz schwer auszuhalten.»

«Dann ist dir das schon passiert?», fragt Marie-Jo.

«Ja, leider. Ein Junge in meiner Klasse. Er fing wirklich an, mir Angst zu machen. Ich bin dann irgendwann zur Klassenlehrerin. Und musste schließlich zum Rektor. Es war fast nicht auszuhalten.»

«Du wirst ihm gefallen haben», sagt Anuschka.

«Das ist mir schon klar. Aber er hat nie ein Wort mit mir geredet, hat sich nicht getraut, mich anzusprechen. Und trotzdem war er immer präsent. In der Schule, auf dem Heimweg. Selbst an den Wochenenden im Blauring ließ er mich nicht in Frieden.»

«Sehr aufdringlich», sagt David.

«Mehr als das. Ich finde, wenn Menschen ein Verhalten entwickeln, das abseits der Norm ist, das gestört ist und zwar so, dass man das Gefühl hat: Der tickt nicht mehr richtig, der ist krank – dann wird es gefährlich. Weil diese Menschen dann so unberechenbar sind.»

«Da ist ein Déjà-vu dagegen ja schon fast harmlos», meint David.

«Nein, nicht harmlos. Einfach ganz was anderes.»

Isabelle greift sich die Wäsche, die ihr Marie-Jo in die Hand drückt, macht bei David Stopp, der auch noch zwei gebrauchte Frottiertücher vor sich liegen hat, und geht dann in den hinteren Raum, wo die Waschmaschine untergebracht ist. Das gehört zu ihren Aufgaben als Lehrtochter: aufräumen, Wäsche machen und immer dann den anderen drei zur Hand gehen, wenn diese sie darum bitten. David achtet darauf, dass sie rasch möglichst viel lernt und auch möglichst bald eine taugliche Unterstützung ist.

Isabelles Körpersprache signalisiert, dass das Thema nun für sie abgeschlossen ist. Weder Anuschka noch Marie-Jo haken nach. Ganz unvermittelt ist wieder Stille im «Haargenau». Alle arbeiten konzentriert. Ja, es ist für ein paar Augenblicke sogar so ruhig, dass man erahnen kann, was die junge Frau mit den Ohrstöpseln hört. David kann es nicht klar einordnen. Nicht sein Musikstil. Aber es klingt nach Schlagern von Beatrice Egli – oder Gassenhauern von Helene Fischer.

Es vergeht etwa eine halbe Stunde, bis er fertig ist. Er zeigt der Kundin, was er getan hat.

Sie schaut sich in den Spiegeln kritisch an, fasst sich einmal kurz ins Haar, links oberhalb des Ohrs, genau dort, wo er beim Schneiden ein bisschen Mühe hatte – wirft ihm einen Blick zu. «Cool! Danke, Herr Friedrich.»

Er strahlt. Ein Lob, das so spontan und schnell kommt, ist echt. Das weiß er. Und jedes Lob tut gut.

Er geht mit ihr zur Kasse. Sie zahlt, wer hätte das bei ihrem Alter erwartet, bar, lässt sich gleich einen neuen Termin geben. Aber erst nach Weihnachten. Was ihm gelegen kommt. Früher, das weiß er noch vom Vater, waren die Festtage die schlimmste Zeit des Jahres. Weil alle Kundinnen auf Weihnachten hin unbedingt noch einmal zum Coiffeur wollten, unbedingt gut aussehen wollten. Und alle, die keinen Termin ergattern konnten, drängelten dann für Silvester.

Hat heute nicht mehr dieselbe Bedeutung. Aber «Haargenau» wird zwischen Stephanstag und Silvester bis etwa um 15 Uhr geöffnet sein. Ist immer noch lukrativ. David hat das mit den anderen schon so besprochen.

Als die Kundin draußen ist, wirft er einen Blick in die «Bibel». Zehn Minuten Pause. Er greift sich die BaZ – das ist kurz für Basler Zeitung – und geht ins Büro. Nur mal fünf, sechs Minuten sich hinsetzen tut zwischendurch ganz gut.

Er hat sich beim Frühstück schon den zweiten Bund der BaZ angesehen. Die lokalen Seiten, die Seiten «Kultur & Gesellschaft» und den Sport. Über den FCB liest er in der Regel alles.

Jetzt nimmt er den ersten Bund zur Hand. Nach der Frontseite geht es mit Artikeln zur nationalen Politik, mit dem Ausland und der Wirtschaft weiter. Was ihm schon seit der Umstellung vor etwa einem Jahr völlig unlogisch erscheint: In diesem ersten Zeitungsbund sind nun meist auch die Kleinanzeigen und vor allem die Todesanzeigen zu finden.

Er ist nicht morbid. Doch er hat immer noch den Spruch seiner Mutter im Ohr: «Ich muss doch wissen, wer nicht mehr ins Konsi geht» – wer mit anderen Worten keinen Bedarf mehr hat, tägliche Einkäufe zu erledigen. Und er weiß auch, dass Coiffeurmeister Werner Friedrich, sein Vater, jeden Tag einen Blick auf die Todesanzeigen warf. Eigentlich der Sache mit dem Konsi nicht unähnlich.

«Ich muss doch wissen, wer von meiner Kundschaft das Zeitliche gesegnet hat. Damit vermeide ich peinliche Situationen, dumme Nachfragen oder Zweifel an meiner Arbeit. Denn wenn eine langjährige Kundin plötzlich nicht mehr auftaucht, könnte man ja auf den Gedanken kommen, sie sei mir untreu geworden und habe den Coiffeur gewechselt. Wenn ich aber feststellen muss, dass sie gestorben ist, fallen diese Zweifel weg. Und ich muss mir auch keine Mühe mehr geben, eine Weihnachtskarte zu schreiben.»

Auch das war so eine Gewohnheit des alten Chefs. Diese dämlichen Weihnachtskarten. Ein riesiger Aufwand, dessen Nutzen David schon bald einmal infrage gestellt hatte. Was wiederum einer der Gründe gewesen war, dass es zwischen Vater und Sohn ganz und gar nicht «geigte», wie man so sagt, und was schließlich zum Zerwürfnis, zu Berlin, zum Exil und zum unschönen Abschied geführt hatte.

Also sieht er sich die Todesanzeigen an. Die paar wenigen großen hat er rasch überflogen. Leistet sich kaum jemand mehr. So eine große Anzeige. Kostet, was man so hört, bei der BaZ ein Heidengeld. Ist heutzutage eine Sache für höhere Staatsangestellte wie zum Beispiel Professoren oder ehemalige Chefärzte. Oder für Firmeninhaberinnen und -inhaber. Oder für Angehörige jenes erlauchten Kreises, den man in Basel den Daig nennt. Die Hochwohlgeborenen, für die Geld keine wesentliche Rolle spielt. Weil man es hat. Ein paar ausgewählte Familien, deren Namen die ganze Stadt kennt.

Und dann gibt es noch die kleinen Anzeigen. Das sind die sogenannten amtlichen. Hier wird pflichtgetreu, aber kurz und bündig vermeldet, wer verstorben ist. Alphabetisch geordnet und nach Gemeinde. Zuerst die Stadt Basel, dann die Vorortsgemeinden des Kantons, Riehen und Bettingen, und gesondert die «Landgemeinden» – also die Orte rund um Basel herum, sofern sie zur Schweiz gehören und nicht zu Frankreich oder Deutschland.

David liest: «Abächerli-Zenklusen, Martha, von Titterten, 03.11.1932 – 6.11.2023, Froburgstraße 7, Basel. Wird bestattet.»

Es dauert ein paar Sekunden, bis der Groschen fällt. Er nimmt sein Handy und ruft den Kalender auf. Wann kam ihm die Idee zu diesem Abendspaziergang? Am Dienstag. Das war der Tag, als Eddie ihm das Couvert des Erbschaftsamtes gebracht hatte. Wegen des Geldes war er doch kurz aus dem Tritt geraten und dann nach dem Abendessen spontan nochmals draußen. Das war der 7. November. Und Eddie hat ihm gesagt, die alte, gebrechliche Frau mit den Tigerfinken sei Frau Abächerli von der Froburgstraße.

Wie um Himmels willen kann die noch mit ihm geredet haben – ihn erkannt und ihm einen Gruß an seinen Vater ausgerichtet haben –, wenn sie doch zu diesem Zeitpunkt bereits tot war? Oder war es ein Gruß aus dem Jenseits?

David lacht. Aber es ist ein seltsames Lachen. Ein selbstironisches. Oder ein verunsichertes. Jedenfalls nicht eines, das aus Freude geboren wurde. Es hört ihn niemand. Er bleibt etwas verdattert einen Moment zu lange sitzen.

Verlassen

Eddie wünscht sich nun doch den Sommer zurück. Immerhin ist er klug genug gewesen, an die Handschuhe zu denken. Denn die Temperaturen sind nur knapp über dem Gefrierpunkt. Es ist kurz vor zehn, und er hat den Hirzbodenweg fast fertig. Jetzt die fünf Häuser an der Engelgasse und dann geht es die Grellingerstraße runter. Runter, weil er mit den obersten Hausnummern anfängt und sich bis zur 1 beziehungsweise zur 2 vorschafft.

Im Grunde sind die Pöstler frei, wie sie ihre Routen planen. Aber dahinter steckt viel Tradition. Kollegen lange vor ihm haben sich die effizienteste Methode ausgedacht, um möglichst schnell die Post im Quartier zu verteilen. Aber die waren noch auf Fahrrädern unterwegs. Er hat diesen Elektrotöff. Und es gilt auch zu beachten, dass er ja nicht die ganze Post für die gesamte Tour laden kann. Das heißt, er muss immer mal wieder zu den Depots, um die nächsten Packen zu holen.

Immerhin es regnet nicht. Aber ohne Handschuhe die vielen Briefe, Couverts, Zeitungen und den ganzen Reklamemüll zu verteilen, wäre eine Pein. Erst gegen Mittag wird es wärmer werden, wenn die Wetterfritzen recht haben. Aber wenn er gut vorankommt, ist es bis dann mit der Tour durch.

Früher war es mehr Arbeit. Da haben die Menschen einander noch geschrieben. So richtig auf Papier und vielleicht sogar von Hand. Seit dem Internet hat die Menge an Briefen und Werbesendungen, generell an Post, deutlich abgenommen. Man kommt schneller voran. Deshalb wurden auch Touren zusammengelegt. Und wegen des Töffs. Die Post konnte Arbeitsplätze wegrationalisieren. Und Poststellen aufgeben. Zum Beispiel die am Karl-Barth-Platz. Gibt es nicht mehr. Ist jetzt eine Bankfiliale. Und die Post ist Teil einer Apotheke. Die Zeiten ändern sich. Wenn er jetzt eingeschriebene Briefe oder Ähnliches dabeihat, die er nur persönlich zustellen darf, muss er den Krempel wieder mitnehmen und in die Apotheke bringen. Dort wird es dann quasi verarztet.

Die Fachmaturitätsschule an der Engelgasse hat gerade Pause. Statt konzentrierter Stille Stimmengewirr. Gelächter, laute Rufe, junge Menschen, die nicht recht wissen, wohin mit der überschüssigen Energie. Im krassen Gegensatz dazu die paar Häuser, die er nun ansteuert. Da wohnen vornehmlich alte oder ältere Menschen, und die meisten von ihnen wohnten schon dort, als es diese Fachmaturitätsschule noch gar nicht gab.

Immerhin, jetzt, da er mit der Grellingerstraße 95 anfängt: Hier haben ein paar der sehr hübschen Reihenhäuser (mit großen, grünen Hinterhöfen) jüngst die Bewohner gewechselt, weil die vormaligen Besitzerinnen und Besitzer verstorben oder in ein Pflegeheim umgezogen sind.

Aber er musste sich nur zum Teil an neue Namen gewöhnen. Nicht wenige der Alten haben ihr Häuschen – oder Haus, ja fast schon Villa – an die Nachkommen weitergegeben. Damit hat sich nur der Vorname im Adressfeld geändert.

Die meisten haben den Briefkasten praktischerweise an der Grundstücksgrenze zum Trottoir. Bei ein paar wenigen allerdings ist er direkt beim Haus. Das heißt, Eddie muss das Gartentor aufstoßen und mit der Post in der Hand ein paar Schritte gehen. Für ihn okay. Hält fit. Und ist eine willkommene Abwechslung. Längst schon prüft er am Abend nicht mehr den Schrittzähler seines Handys. Wenn er arbeitet, weiß er, legt er Tag für Tag mindestens 10'000 Schritte zurück.

Er ist gerade mit der Nummer 86 fertig und geht die paar Schritte wieder retour zu seinem gelben Gefährt (er nennt es heimlich «Susi», hat das aber noch nie jemandem verraten), da sieht er ein paar Meter die Straße hoch David ihm entgegenkommen. Eher ungewöhnlich, den hier zu sehen.

«Was machst du denn hier?»

David ist mindestens so überrascht wie er. Bleibt stehen. Mustert Eddie.

«Ich war bei einer Kundin.»

«Ich dachte, du bist der Chef eines Coiffeursalons ...»

«Haha. Bin ich auch. Aber ich schaue gut nach den treuen Kundinnen. In Ausnahmefällen mache ich Hausbesuche. Wenn die Leute alt werden oder krank und es nicht mehr bis ins ‹Haargenau› schaffen, muss ihnen doch trotzdem irgendwer die Haare schneiden. Sonst sehen sie ja über kurz oder lang fürchterlich aus. Und das schlägt auf die Moral. Und die Moral auf den Gesundheitszustand, und weil ich das nicht so hinnehmen will, mache ich hin und wieder Hausbesuche.»

«Dann warst du vermutlich bei Hagenbachs?»

«Richtig. Gut kombiniert, Eddie. Dein Wissen imponiert mir immer wieder.»

«Schönes Haus, oder?»

«Prächtig. Und dieser Garten. Und die Bilder an den Wänden. Die kennst du vermutlich nicht?»

«Nein, da war ich noch nie drin.»

«Herr Hagenbach ist im Sommer nach langer Krankheit gestorben. Die Nieren. Und ihr geht es auch nicht gut. Aber sie hatte riesige Freude, dass ich vorbeigekommen bin.»

«Wer hat dir die Tür aufgemacht?»

«Die Haushaltshilfe. Frau Pekovic.»

«Hagenbachs haben keine Kinder. Wird interessant, was mit dem Haus passiert.»

Eddie sieht, dass der Coiffeur ihn neugierig mustert und sich dabei die Nase reibt.

«Kriegst du das oft mit, wenn Häuser die Hand wechseln. Oder länger leer stehen?», fragt David.

«Kann sein.»

«Hat das irgendetwas mit deinem erstaunlichen Lebenswandel zu tun?»

«Fängst du schon wieder damit an?»

Eddie hat keine Lust, sich auf dem Trottoir in der Grellingerstraße Details über seinen lukrativen Nebenjob aus der Nase ziehen zu lassen. Wäre nicht sehr klug. Und so oder so: Vielleicht wird er an den Punkt kommen, an dem er David ein kleines bisschen einweiht. Die Namen seiner Geschäftspartner, des Maklers und des Treuhänders, mit denen er zusammenarbeitet, wird er aber hundertpro nicht preisgeben.

David hat ein zufriedenes Grinsen im Gesicht. Vermutlich bildet der sich darauf was ein, ihm auf die Schliche gekommen zu sein. Was Eddie nicht weiter beeindruckt. Soll er doch.

«Sag mal, Eddie. Du brauchst mir ja jetzt nicht hier auf dem Trottoir deinen modus operandi zu verraten, aber etwas nimmt mich schon wunder: Es hat doch an der Hardstraße mindestens drei oder vier leer stehende Häuser. Geht es denn mit dem Handwechsel nicht immer ganz so schnell?»

«Nein. Eben nicht. Manchmal kommt es zu Erbstreitigkeiten, oder irgendwelche komischen Geschäfte laufen. Keine Ahnung. Ich weiß, welche Häuser du meinst. Dort geht es vor allem um zwei Brüder, die sich nicht einig werden und, soweit ich informiert bin, um Einsprachen der Nachbarn und eine gewisse Trägheit beim Bauinspektorat. Eine lähmende Mixtur erster Güte.»

«Elend langer Stillstand, oder?»

«Ja. Aber ich kann dir noch ein anderes Haus zeigen, das ist weniger auffällig.»

«Wo?»

«Hier, ein paar Häuser weiter.» Er zeigt mit dem Finger auf die andere Straßenseite. Nummer 81. «Geh da mal vorbei und schau dir das an.»

David sieht, welches Haus Eddie meint. Er zeigt mit dem Finger darauf, Eddie nickt, nimmt demonstrativ das nächste Bündel Briefe in die Hand und setzt sich auf seinen Töff. Er kann unmöglich zu lange auf offener Straße einen Schwatz halten. Wird nicht so gern gesehen. Und es gibt offenbar Menschen, die nichts Besseres zu tun haben, als zu reklamieren. Die petzen liebend gerne. Die Briefe und Zeitungen würden viel eher eintreffen, wenn der Pöstler nicht stundenlang dumm rumstehen und endlose Unterhaltungen führen würde, heißt es dann. Und sein Oberchef nutzt solche Rückmeldungen, um gelegentlich seine Leute in den Senkel zu stellen.

David verabschiedet sich, wünscht ihm einen schönen Tag. Ihm wird erst nachher einfallen, dass er Eddie noch in der Sache Abächerli zwei, drei Fragen stellen wollte.

Eddie verteilt weiter die Post, verliert David kurze Zeit später vorne an der Kreuzung mit der Hardstraße aus den Augen. Der muss bestimmt zurück ins Geschäft. Lang hat er sich die Nummer 81 jedenfalls nicht angesehen.

Dafür macht er das jetzt. Zum x-ten Mal. Denn Eddie ist überzeugt, dass mit dem Haus etwas nicht stimmt. Ganz sporadisch hat er Post für diese Adresse. Sehr selten. Und er ist seit längerer Zeit überzeugt, dass das Haus leer steht. Noch nie hat er jemanden rein- oder rausgehen sehen.

Es ist eine freistehende Liegenschaft, nicht wie auf der anderen Seite der Straße, bei den geraden Hausnummern, wo eine ganze Reihe schmucker und gar nicht etwa kleiner Stadthäuser aneinandergebaut wurde.

Die Nummer 81 und die zwei prächtigen Anwesen daneben stehen jeweils für sich allein. Die Villa rechts davon ist eine Geschäftsliegenschaft. Eine Spedition mit internationalen Kontakten. Und das große Haus links gehört den Träschs. Leben sehr zurückgezogen. Sehr anständige Mehrbessere, die gänzlich ohne Dünkel sind. Grüßen ihn immer freundlich, stecken ihm in der Adventszeit immer 200 Franken als kleines Präsent zu.

Eddie, neugierig wie er ist und vielleicht in der Hoffnung, er könne in Sachen Grellingerstraße früher oder später doch noch sein Wissen nutzen und den Anstoß für ein Geschäft geben, ist auch schon mehrmals nachts an dem Haus vorbeispaziert. Seine Wohnung an der Angensteinerstraße liegt ja fast ums Eck.

Zu seiner Überraschung, daran kann er sich noch gut erinnern, obwohl es mehr als ein Dutzend Jahre her ist – mindestens so lange steht das Haus seiner Meinung nach nun schon leer –, ist ihm eines Tages aufgefallen, dass in einem der Zimmer im ersten Stock Licht brannte. Trotzdem hätte er gewettet, dass kein Mensch dort lebt. Weitere abendliche Besuche zu unterschiedlichen Zeiten ließen ihn vermuten, dass ein Trick dahintersteckt. Denn nur dieses Zimmer war regelmäßig und immer gleichbleibend erleuchtet. Bis das Licht stets Punkt 23:17 Uhr ausging.

Eine Zeitschaltuhr, da ist er sich ziemlich sicher. Es soll der Eindruck erweckt werden, es sei jemand zuhause. Aber obwohl er fast täglich daran vorbeikommt, hat er in letzter Zeit das Interesse an der 81 etwas verloren. Er ist mit zwei anderen Liegenschaften im Quartier beschäftigt gewesen und hatte im August tatsächlich seine Fäden so spinnen können, dass es zu einem lohnenden Geschäftsabschluss gekommen ist, der seinem Bankkonto gutgetan hat.

Wenn er David jetzt nicht hier angetroffen hätte …

Er nimmt sich vor, der Nummer 81 in Zukunft wieder ein bisschen mehr Beachtung zu schenken, und setzt sich noch am selben Abend hin, ruft Google Maps auf und sieht sich die Umgebung des Hauses genauer an. Denn das ist das Spannende am Gellert. Nur Eingeweihte wissen, dass es hinter den von der Straße aus sichtbaren Fassaden an einigen Orten auch noch verborgene Häuser gibt. Die geniale Villa am Rennweg zum Beispiel, auf die nicht viel mehr als eine Zufahrt hindeutet, die mit einem schwarzen, schweren Metalltor verriegelt ist. Dank Google Maps hat er schließlich mindestens von oben einen Einblick erhalten: Pool, großer Sitzplatz mit einem Grill und einem Nebengebäude ... Hätte er alles nie entdeckt, denn der Briefkasten befindet sich am Rennweg und noch nie – wirklich nie – hat es einen Grund gegeben, die Klingel zu drücken und um Zugang zu bitten, weil er etwas abzugeben hatte.

Zwischen der Grellingerstraße und dem Hirzbodenweg südöstlich davon ist ebenfalls genügend Platz für versteckte Gebäude, ein ganzes Areal, von dem nur wenige wissen, dass es existiert. Es gehört einem Bauunternehmen, dessen Zufahrt vorne an der Hardstraße liegt. Also an der Längsseite. Das Grundstück misst in der Länge fast 250 Meter und ist gegen 50 Meter breit. Es stehen mehrere Werkgebäude verschiedener Größe darauf.

Zu diesem Areal hatte er schon verschiedentlich Zugang. Und er weiß – ebenfalls dank Google Maps –, dass man von dort aus zur Rückseite der Grellingerstraße 81 gelangt.

Es wäre interessant, mal von dort aus zu beobachten, was es mit der leer stehenden Villa auf sich hat. Eddie gönnt sich ein Bierchen, zoomt rein und raus bei Google Maps und am Schluss vertrödelt er mehr als zwei Stunden mit Luftaufnahmen und neugierigen Blicken von oben. Ob David eigentlich bewusst ist, dass das Haus, in dem sein Coiffeurgeschäft ist, auch einen spannenden Hinterhof hat, von dem kaum jemand etwas weiß?

Vermutlich nicht. Kann er ihm bei Gelegenheit mal verraten. Er wartet ja immer noch darauf, dass er ihm ein paar Fragen wegen des Ablebens von Frau Abächerli stellt. Eddie hat heute Vormittag an der Grellingerstraße schon damit gerechnet. Doch der Herr Coiffeur war offensichtlich in Eile und hatte anderes im Kopf. Ob er überhaupt etwas gemerkt hat? Sei's drum, denkt er, nimmt einen Schluck, holt eine Brezel aus dem Brotkorb und setzt sich vor den Fernseher.

Kommt Zeit, kommt Rat.

Geisterhaus

In den nächsten Tagen findet David wenig Zeit, sich mit der Grellingerstraße 81 zu beschäftigen, auch wenn sie gelegentlich durch seinen Kopf geistert. Vielleicht nicht ganz bewusst immer, aber irgendwo im Hinterstübchen. Aber er ist bei der Arbeit auch recht beschäftigt – und abends mit sich selbst. Einmal kann er sich dazu aufraffen, auszugehen. Zuerst in die «Kunsthöhle», wie man so schön sagt (richtig heißt der Ort Kunsthalle), und anschließend noch in die All Bar One. Die Hoffnung, so einer Frau in die Arme zu laufen, die zu ihm sagt: «Du bist der, den ich gesucht habe», zerschlägt sich. Am darauffolgenden Abend ist er drauf und dran, sich bei Tinder ein Profil zu erstellen – aber noch bevor er den entscheidenden Knopf drückt, verlässt ihn der Mut auch schon wieder.

Eddie bekommt er zwischen Mittwoch und Freitag nie zu Gesicht. Immerhin: Am Freitagnachmittag hat Marie-Jo Frau Fahy bei sich auf dem Stuhl, und während er seiner Kundin die Haare wäscht, hört er mit einem Ohr mit, was die beiden Frauen miteinander diskutieren. Es geht um ein ehemaliges Restaurant im Quartier, das seit vielen Jahren geschlossen ist. Der Besitzer hat dazu weitere Parzellen samt Stadthäusern gekauft, und trotzdem geht nichts vorwärts, wie die Basler Zeitung berichtet.

Weder Marie-Jo, die jeden Abend in das 10er-Tram steigt und nach Leymen – in Frankreich – fährt, wo sie wohnt, noch Frau Fahy sind, so vermutet er, je in diesem Restaurant gewesen. Marie-Jo nicht, weil sie überhaupt nie in der Stadt in ein Restaurant geht. Basel ist ihr zu teuer. Und Frau Fahy ist zu reich, als dass sie es erwägen würde, in ein Restaurant zu gehen, das letztlich nichts anderes als eine Pizzeria ist.

Die Diskussion der beiden dreht sich auch gar nicht um die Frage, ob das Gellert Bedarf nach einem Restaurant hat oder nicht. Das ist ihnen beiden tatsächlich herzlich egal. Inhalt des Gesprächs ist die Spekulation mit Grundstücken. Beide, die Coiffeurin und die Multimillionärin, stören sich an den jahrelangen Leerständen. Es könne sehr wohl sein, dass es mal drei oder auch vier Jahre dauerte, bis ein Projekt entwickelt sei, sagt Frau Fahy, «aber sicher nicht zwanzig Jahre oder mehr».

«Man müsste einschreiten können», meint Marie-Jo. Und behauptet im Brustton der Überzeugung, in Frankreich würde so etwas nicht geduldet.

«Da bin ich mir nicht so sicher, Marie-Jo», antwortet Frau Fahy, der die Coiffeurin schon vor vielen Jahren das Du angeboten hat – selbstverständlich ohne zu erwarten, im Gegenzug Frau Fahy Theresa nennen zu dürfen. «Letztlich leben wir in der Schweiz und in Frankreich in einem Rechtsstaat. Es geht nicht an, einem Grundbesitzer etwas wegzunehmen, was er legal erstanden hat.»

«D'accord», sagt Marie-Jo. «Aber es müsste Spekulationen ein Riegel vorgeschoben werden können. Es müsste eine Frist geben, innerhalb derer etwas passieren muss. Und wenn es nur ein Abriss wäre. Die Häuser vergammeln ja. Das ist doch für das ganze Quartier schrecklich.»

Frau Fahy nickt. Marie-Jo erinnert sie mit ganz leichtem Druck daran, dass es während des Schneidens nicht von Vorteil ist, den Kopf zu bewegen. «Ich wollte nur sagen: Ja. Das stört mich am meisten. Wenn es irgendwo im Klybeck wäre oder am Rande des Gundeli. Aber bei uns. Im Gellert! Es schmälert doch auch den Wert unserer Liegenschaften.»

«Verzeihung, wenn ich mithöre, Frau Fahy», traut sich David, sich an dieser Stelle in das Gespräch einzumischen. «Ich bin weitgehend mit Ihnen – und auch mit dir, Marie-

Jo – einverstanden. Aber soweit ich weiß, gibt es noch einige andere Häuser im Quartier, die leer stehen.»

«Sie meinen bei der Tramstation, Herr Friedrich? Das Haus, das kurzfristig besetzt war und jetzt verbarrikadiert ist und total versprayt?», fragt Frau Fahy und muss ihn im Spiegel ansehen, denn sie darf ja, wie man sie gerade erinnert hat, den Kopf möglichst nicht bewegen.

«Zum Beispiel. Aber ich habe gehört, dass auch die Grellingerstraße 81 nicht mehr bewohnt sei.» Es ist ein Versuchsballon, den er steigen lässt. Möglicherweise weiß Frau Fahy etwas, das Eddie noch nicht zu Ohren gekommen ist.

Ihre Reaktion ist auf jeden Fall sehr interessant. Sie, die sonst selten um eine Antwort verlegen ist, sagt einen langen Moment gar nichts. Es kommt ihm vor, als suche sie die passenden Worte. «Mein Mann nennt diese schöne, alte Liegenschaft ‹das Geisterhaus›. Ich weiß also genau, wovon Sie reden, Herr Friedrich. Aber ich kann Ihnen wirklich nicht mehr dazu sagen. Wir sind ja am Rennweg daheim und nur, wenn wir mit den Hunden spazieren gehen, komme ich dort manchmal vorbei.»

David wird den Eindruck nicht los, als habe sie noch etwas hinzufügen wollen. Aber er spürt auch, dass Drängen zu nichts führen würde. So konzentriert er sich wieder auf seine Arbeit.

Als Frau Fahy schließlich fertig ist, wie immer sehr zufrieden mit Marie-Jo, zögert sie einen Moment, bis sie sich seiner Aufmerksamkeit sicher ist. «Allein gehe ich da – vor allem abends – nicht mehr vorbei. Unsere Hunde verhalten sich dort so seltsam. Fangen an zu bellen und werden dann plötzlich wieder ganz still. Als seien sie eingeschüchtert ... Ich weiß nicht. Und dass mein Mann vom ‹Geisterhaus› spricht, hilft auch nicht. Vielleicht sollten Sie mal mit der alten Frau Hagenbach reden. Die kann Ihnen garantiert mehr über dieses Haus sagen. Sie wohnt so nahe.»

Das lässt David keine Ruhe. Er erwägt es auch wieder, als die neue Arbeitswoche am Dienstag beginnt. Aber er weiß, dass es der alten, kranken Frau nicht besonders gutgeht. Hat er ja gesehen, als er bei ihr war, um ihr die Haare zu schneiden. Er hat Hemmungen, sich unter irgendeinem Vorwand bei Frau Hagenbach zu melden.

Was er bisher versäumt hat: herauszufinden, wem das Haus gehört. Doch der Kanton Basel-Stadt ist da vorbildlich. Mit seinem Geoportal kann sich jeder und jede innerhalb weniger Minuten die Informationen zum Grundeigentum beschaffen.

In einer kurzen Pause zieht er sich in sein Büro zurück und weiß zwei Minuten später, dass der Besitzer der Grellingerstraße 81 ein gewisser Reinhold Laverriere ist. Aber bevor er mehr Informationen googeln kann, wird er schon wieder gebraucht.

Nachtgestalt

Eddie weiß schon lange, wer der Besitzer der Grellingerstraße 81 ist. Er hat auch schon gegoogelt. Es muss sich zweifellos um einen Professor handeln, der einerseits an der Universität Basel – genauer gesagt im Biozentrum – einen Lehrauftrag hatte. Und andererseits stand er im Sold der damaligen Ciba-Geigy, die später mit der Sandoz zur Novartis fusionierte.

Was auch feststeht: Ein gewisser Roland Laverriere wohnt an der Engelgasse 92. Also quasi ums Eck. Ein deutlich kleineres Haus als die Grellingerstraße 81, aber nicht nichts. Der Bruder? Sohn? Er ist sich nicht ganz sicher, meint aber, der Mann, den er dort gelegentlich sieht, sei um die fünfzig, oder vielleicht ein paar Jahre älter. Dann müsste es der Sohn sein. Denn Reinhold Laverriere ist 89. Wenn das Internet nicht lügt. Und weshalb sollte es?

Noch etwas fällt ihm erst jetzt auf. Wenn er gelegentlich Post hat für die Grellingerstraße 81, kann das doch eigentlich nur zweierlei bedeuten: Es wohnt tatsächlich noch jemand dort – oder man hält die Adresse aus welchen Gründen auch immer weiterhin aktiv.

Nicht wegen der Pöstler. Nicht wegen ihm. So wichtig darf er sich und seine Kolleginnen und Kollegen nicht nehmen. Aber es könnte doch sein, dass es sich lohnt, einen Pöstler hin und wieder dort etwas in den Briefkasten werfen zu lassen, und wenn es nur dafür da ist, die Nachbarschaft zu täuschen. Die Bewohner der Reihenhäuser auf der gegenüberliegenden Straßenseite haben freien Blick auf die Hausnummer 81. Die «soziale Kontrolle» – ein Ausdruck, den er von seinem Maklerkumpan übernommen hat – funktioniert. Man kriegt mit, was in der Straße läuft. Doch wenn der Trick funktionieren soll, das ist der logische nächste Gedanke, braucht es auch jemanden, der den Briefkasten gelegentlich leert. Denn darauf sind die Pöstler quasi trainiert. Sobald ihnen auffällt, dass sich Post an einer Adresse häuft, bis der Briefkasten verstopft ist und der Milchkasten überquillt, stehen sie in der Pflicht, Meldung zu machen. Zwar wartet man dann in aller Regel noch etwas, greift nicht sofort ein, weil es auch möglich ist, dass jemand in die Ferien verreist ist, ohne Meldung zu machen und die Post umzuleiten. Andererseits ist es nicht erwünscht, zu lange zu warten. Seit vor ein paar Jahren ein alleinstehender alter Mann wochenlang tot in seinem Haus lag und niemand das merkte, obwohl ganz offensichtlich der Briefkasten nicht mehr geleert wurde, sind sie von oberster Stelle angehalten, frühzeitig Bescheid zu geben.

Aber das alles ist ja kein Problem, wenn der Junior ums Eck wohnt, keine fünfzig Meter entfernt. Dann kann doch der zwei oder drei Mal die Woche rasch die Post leeren.

An Eddies Überzeugung, dass mit der Grellingerstraße 81 etwas nicht stimmt, ändert all das nichts. Und obwohl er für ein paar Jahre das Interesse an dem Haus verloren hatte, brauchte es nur die Begegnung mit David, um seine Neugier wieder zu wecken.

Er ist am Mittwoch recht früh mit der Arbeit fertig. Es bleibt Zeit genug, um in der Stadt noch ein paar Besorgungen zu erledigen. Unter anderem kauft er einen neuen Zahnglashalter für die Wohnung an der Froburgstraße. Weil ihm gerade nichts Schnelleres und Besseres einfällt, zieht er eine Fertigpizza aus dem Kühlregal, holt noch rasch einen Salat und etwas Brot, macht Self-Checkout und fährt danach mit dem 3er-Tram an die Breite. Gegen 17 Uhr ist er an der Froburgstraße.

Wie üblich gibt er sich Mühe, beim Betreten des Hauses aufzufallen. Er stellt sich ungeschickt an beim Leeren des

Briefkastens, er stößt die Eingangstür mit Bedacht etwas gar schwungvoll auf, um ein bisschen Lärm zu erzeugen, und er nimmt nachher im Treppenhaus einen – fingierten – Anruf auf seinem Handy entgegen und spricht lauter, als er es sonst tut. Frau Gallacchi soll bloß mitkriegen, dass er wieder mal «zuhause» ist.

Als er noch die Sache mit Veronika am Laufen hatte, die ihn schließlich mit ihrem dämlichen Vorwurf, er neige zu Heimlichtuerei, derart nervte, dass er mit ihr Schluss machte, war er ihr nicht böse gewesen, wenn sie gelegentlich ein bisschen laut geworden war. Erstens mochte er das, weil es ihm bestätigte, dass er alles richtig machte und sie Spaß an der Sache hatte. Zweitens war es ein wichtiger Teil seines Alibis, wenn man hören konnte, dass Leben in der Bude war.

Fast alle seiner – relativ – häufig wechselnden Bekannt- oder Liebschaften wussten nichts von der Angensteinerstraße. Und wenn es sich machen ließ, war er ohnehin meist lieber bei ihnen zu Besuch, statt sie mit zu sich nach Hause zu nehmen.

Aber gerade weil die Partnerinnen nie sehr lang seine Partnerinnen blieben, riskierte er es nicht, ihnen seine wahre Wohnung zu zeigen. Einmal, einmal nur, war er diesem Prinzip untreu geworden. Bei Felicity aus Paris. Dort war ihm die Trennung, anders als sonst üblich, schwergefallen. Vielleicht auch, weil sie gegangen war und nicht er. Wegen eines doofen Fitness- und Karatelehrers.

Das Gute daran: Der durchtrainierte Meister aller Klassen war in Zürich daheim, und dorthin ist Felicity kurze Zeit später auch gezogen. Wer kennt in Zürich schon den Unterschied zwischen der Angensteiner- und der Froburgstraße? Und ist es Felicity überhaupt je aufgefallen, dass seine Wohnung doch ungewöhnlich edel war für einen Pöstler? Kaum.

Die Pizza ist ganz okay, aber er hätte sich vielleicht doch lieber eine per Kurier liefern lassen sollen. Die wäre bestimmt knuspriger gewesen. Er fläzt sich satt aufs Sofa und zählt nach, seit wie vielen Wochen er single ist. Wobei das im Grunde nicht richtig formuliert ist. Er sehnt sich ja nicht wirklich nach einer festen Beziehung, sondern nur nach etwas Spaß, etwas Spannung, etwas femininer Sicht auf die Dinge.

Sechzehn Wochen, wenn er sich nicht irrt. Eddie nimmt sich vor, wieder aktiver zu werden. Die Augen mehr offenzuhalten, die Fühler mehr auszustrecken.

Diese regelmäßigen Tapetenwechsel stressen ihn schon lange nicht mehr. Sie sind Routine. Und es ist gar nicht so uninteressant, an zwei Orten daheim zu sein, solange man nicht den Fehler begeht, die Wohnungen hier wie da genau gleich einzurichten. So ist die Angensteinerstraße eher cool und spartanisch, die Froburgstraße eher «heimelig» und etwas altbacken. Ein großes Sofa, viele Kissen, bunt. Vergrößerte Fotos an den Wänden. Die Damenwelt soll sich einigermaßen wohlfühlen. Hat er oben an der Angensteinerstraße gar keine Zimmerpflanzen, so ist die Froburgstraße floral nach allen Regeln der Kunst geschmückt.

Er selbst fühlt sich durchaus wohl hier. Tut er wirklich. Er ist ja kein Masochist. An diesem Abend durchströmt ihn das angenehme Gefühl, sein Leben im Moment weitgehend unter Kontrolle zu haben. Keine Sorgen, keine Probleme, keine Nöte und das Organisatorische mehr oder weniger im Griff. Denn er hat auch eine saubere Uniform mitgebracht, weil er sich vorgenommen hat, zwei Tage zu bleiben.

Die Ironie hinter der Geschichte fällt ihm aber erst am nächsten Abend ein, als er sich ein Steak brät und sich dazu einen schönen, großen Salat gönnt. Im Grunde täuscht er doch dasselbe vor wie die oder der Besitzer der Liegenschaft an der Grellingerstraße. Er tut so, als wohne er hier. Er lässt sich auch alle Post an diese Adresse schicken. Bei der Stadt ist er offiziell mit dieser Adresse angemeldet, und trotzdem verbringt er fünf von sieben Tagen oben an der Angensteinerstraße.

Eddie ist sich im Klaren, dass er beim nächsten Treffen mit David nicht umhinkommt, ihm reinen Wein einzuschenken. Der Coiffeur weiß jetzt schon zu viel, und es ist wohl klüger, ihm alles zu verraten. Sonst kommt der noch auf die Idee, sich wilde Theorien auszudenken, und das kann ihm, Eddie, vermutlich eher schaden, als wenn er David verrät, wie es wirklich ist.

Am Abend des zweiten Tages ist wieder alles aufgeräumt, und er ist um 21 Uhr bereit, zur Angensteinerstraße hochzugehen, weil er dort erholsameren Schlaf findet als in der Breite. Denn die obere Wohnung ist viel ruhiger – der Vorteil eines Hinterhofs –, und in der Nacht ist es dort in seinem Schlafzimmer auch dunkler. Ebenfalls der Vorteil eines Hinterhofs.

Das Gefühl, das er damit verbindet, wiederum des Nachts heimzugehen, braucht er vor sich selbst gar nicht erst zu kaschieren: eine gewisse Nervosität. Wie geht er heim? Wie vor ziemlich genau vierzehn Tagen via Galgenhügel? Oder lässt er es lieber nicht darauf ankommen und spaziert gemütlich und völlig unbeschwert via Zürcher- und Sevogelstraße?

Er lässt sich bis zuletzt beide Optionen offen. Aber er sagt sich gelegentlich: Sei kein Frosch, Eddie! Wenn du es heute Abend nicht wagst, via Galgenhügel zu gehen, wirst du es nie mehr tun. Und was ist schon passiert? Du hast gemeint, ein Hund stelle dir nach. Und was ist die Realität? Dass du es gemeint, aber nicht gesehen hast. Die Konsequenz: Du brauchst keine Angst zu haben.

Es regnet nicht, es schneit nicht, es ist bloß kalt. Entlang des St. Alban-Teichs sieht er dieses Mal etwa dreißig Meter vor sich eine Gestalt, der er aber nicht näher kommt. Sie sind beide gleich schnell unterwegs.

Als er bei der Brücke über den Teich in Richtung Spirale abbiegt, spürt er ein leicht mulmiges Gefühl. Wann genau hörte er den Hund? Schon bevor es aufwärts ging, oder? Der Mann, der vor ihm war, ist nicht abgebogen, er sieht ihn in der hell erleuchteten Unterführung entlang des Teichs verschwinden.

Bei den Schrebergärten ist alles dunkel. Und es ist rein gar nichts zu hören außer dem gleichmäßigen Rauschen der Autobahn. Er ist etwa zwei Stunden früher unterwegs als an jenem Abend. Vielleicht macht das den Unterschied aus?

Eddie geht in seinem üblichen Tempo im Kreis aufwärts. Es ist totenstill. Als er fast oben ist und schon das kurze Stück Weg, das nun vor ihm liegt, überblicken kann, sieht er, dass ihm jemand entgegenkommt. Ein Mann mittleren Alters in einem dicken Mantel und mit seltsam klobigen Schuhen. Der Mann trägt eine Art Fellmütze, und vor allem ist auffällig, dass er den linken Fuß etwas nachschleift. Es ist kein Humpeln, eher ein mühsames Gehen.

Als sie fast auf gleicher Höhe sind, kann Eddie den Mann – oder seinen Mantel? – riechen. Kein angenehmer Duft. Lange nicht gewaschen. Oder lange Zigarettenrauch oder einem Holzfeuer ausgesetzt gewesen.

Es ist ein einsamer Weg, es ist nach 21 Uhr, keine andere Menschenseele weit und breit. Eddie sagt, nicht sehr laut, aber sehr höflich: «Guten Abend.»

Der andere brummelt nur etwas. Schwer zu verstehen, was er sagt, aber seine Stimme ist kratzig, als leide er unter Halsschmerzen. Sie kreuzen einander. Eddie geht weiter, dreht sich aber nach vier, fünf Metern rasch um. Aus zwei Gründen. Erstens will er sicher sein, dass der Mann auch wirklich weitergeht und ihn nicht von hinten anfällt. Zweitens, um sich noch einmal ein Bild von dieser traurigen Gestalt zu machen.

Es besteht kein Grund, beunruhigt zu sein. Der Mann ist eben daran, auf der Spirale abwärtszugehen. Eddie ist erleichtert. Er geht weiter. Wäre ja in den Augen des anderen ebenso seltsam, wenn er jetzt plötzlich stehenbliebe oder gar umkehren würde.

Er ist fast vorne beim Hang, dort, wo der Weg die erste Kurve nach links macht, da ruft jemand mit lauter Stimme: «Nimm den Sauhund weg und verschwinde!»

Eddie bleibt wie angewurzelt stehen. Der Klang der Stimme passt zu der Person, die ihm begegnet ist. Dieses Kratzige, als tue das Sprechen weh. Und es ist auch sonst niemand in Sicht. Dazu kommt, dass die Worte genau aus der Richtung der Spirale gekommen sind.

Ist der Mann besoffen? Steht er unter Drogeneinfluss? Spinnt er? Hat er psychische Probleme? Eddie rennt ein paar Meter retour, bis er die Spirale, unten die Brücke über den Teich und auch die Ecke, wo die Schrebergärten sind, überblicken kann, so gut das im spärlichen Licht möglich ist. Er kann sogar bis hinunter zur Lehenmattstraße sehen. Dort biegt gerade ein weißer Lieferwagen um die Ecke. Seine Scheinwerfer streichen für Sekundenbruchteile über die Hecke und den Weg, der zum Teich hochführt.

Es ist niemand zu sehen. Auch nicht der Mann, dem er begegnet war. Es gibt allerdings einen toten Winkel. Wenn der andere sich genau unter ihm auf der Spirale befinden würde, wäre er für Eddie versteckt. Also rennt er noch drei, vier Meter weiter, sucht den Weg ab. Doch da ist niemand.

Er schüttelt ernüchtert den Kopf. «Nimm den Sauhund weg und verschwinde!» Das waren die Worte, die er gehört hat. Und er hat irgendwie damit gerechnet, dass sie wiederholt werden würden. So wie halt ein Betrunkener, ist seine

Zunge mal gelöst, einen Fluch oder eine Schimpftirade nicht nur einmal loswerden muss.

Es bleibt still. Nur das gleichmäßige Rauschen der Autobahn ist zu hören. Etwas weiter entfernt ein Güterzug. Und jetzt, oben auf der Gellertstraße, zwei Velofahrer, die laut miteinander reden und dabei zügig unterwegs sind, denn ihre Stimmen werden so schnell wieder leise, wie sie laut geworden sind.

Eddie macht wieder kehrt. Geht weiter seines Wegs. Er biegt wieder rechts ab und geht neben dem Geviert mit den vier Bäumen die Steigung hinaus, bis er fast auf der Höhe der Gellertstraße anlangt. Er sieht keine leuchtenden Augen dort. Kein Hund bellt ihn an, niemand ruft mehr ins Dunkle der Nacht. Aber als er fast auf der Straße steht, hört er ein Winseln. Ein Röcheln. Nur kurz. Dann ist Ruhe.

Frau Abächerli

Davids Smartphone klingelt. Es ist Donnerstag kurz nach neun. «Eddie» steht auf dem Display.
«Guten Morgen. Was gibt es?»
«Hast du einen Moment?»
«Ja, wir öffnen erst um 10 Uhr.»
«Aber du bist bereits im Geschäft?»
«Ja. Hab noch Büroarbeiten zu erledigen.»
«Wegen der Grellingerstraße 81. Was ich dir noch nicht gesagt habe: Dort wohnte ein gewisser Reinhold Laverriere. Und ein Roland Laverriere wohnt ganz in der Nähe an der Engelgasse.»
«Ich habe mich auch schlaugemacht, Eddie. Und ja, ich bin auch auf Reinhold Laverriere gekommen. Aber dass ein anderer Laverriere grad um die Ecke wohnt, wusste ich noch nicht. Meinst du, es ist sein Sohn?»
«Das weiß ich nicht. Könnte auch der Bruder oder der Cousin sein.»
«Kennst du die beiden nicht vom Sehen?»
«Den Alten, also Reinhold, habe ich vor Jahren zuletzt zu Gesicht gekriegt. Ich wusste gar nicht, dass er noch lebt. Der muss inzwischen hoch in den Achtzigern sein. Oder womöglich sogar schon neunzig. Roland Laverriere ist ein gutes Stück jünger. Also eher der Sohn als der Bruder.»
«Ich hatte Kundschaft im Laden vor ein paar Tagen, die hat auch Andeutungen gemacht, dass mit dem Haus etwas nicht stimmt.»
«Wer war das?»
«Frau Fahy. Die wohnt zwar am Rennweg, aber sie sagt, ihre Hunde würden dort immer Laut geben. Und sie gehe

nicht mehr allein durch den oberen Teil der Grellingerstraße. Vermutlich sieht sie Gespenster.»

Es ist einen langen Moment Ruhe in der Leitung. David ist irritiert. Ist die Verbindung unterbrochen oder Eddie am Nachdenken? «Eddie?», fragt er schließlich.

«Jaja. Bin noch da. Weiß nur nicht, ob ich dir das jetzt erzählen soll.»

«Was denn?»

«Von meinem Heimweg gestern Abend. Am Galgenhügel.»

«Hat dich wieder ein Hund angebellt, den du gar nicht gesehen hast?»

«Nein. Dieses Mal kam mir ein komischer Typ entgegen, der plötzlich in einiger Lautstärke wirres Zeug redete. Er hat etwas von einem Sauhund gerufen, kaum war er an mir vorübergegangen. Und dann war er plötzlich verschwunden.»

«Der Typ?»

«Ja.»

«Ist auch nicht so schwer dort. Kannst dich ja bei den Schrebergärten verstecken oder ins Gebüsch schlagen. Vielleicht war er auch einfach schneller als du, Eddie. Und bis du reagiert hast, war er weg.»

«Kann sein. Wäre möglich. Obwohl: Er war nicht sehr gut zu Fuß. Aber soll ich ehrlich sein? Mir ist es dort unheimlich. Und frag mich jetzt bloß nicht, ob ich getrunken hatte. Die Masche hast du schon beim ersten Mal, als ich dir vom Hund erzählt habe, versucht.»

«Okay. Du warst also nüchtern?»

«Total.»

«Und warst du auch nüchtern, als du mir von Frau Abächerli erzählt hast? Du weißt schon, die alte Frau mit den Tigerfinken.»

«Ja, klar. Was hat das jetzt miteinander zu tun?»

«Die kann ich gar nicht dort unten auf der Bank sitzen gesehen haben, Eddie. Sie ist einen Tag vorher gestorben ...»

Wieder ist Ruhe in der Leitung. Wieder schweigt Eddie. Doch für einmal ist sich David hundert Prozent sicher, dass es sich nicht um eine unterbrochene Verbindung handelt, sondern um ein verschärftes Nachdenken.

Schließlich räuspert sich Eddie. «Dann habe ich etwas verwechselt. Sorry.»

«Und du hast mir nicht etwa einen Bären aufgebunden? Extra?»

«Weshalb sollte ich das tun?»

«Vielleicht weil du den Eindruck hattest, ich hätte dir die Geschichte mit dem bellenden Hund am Galgenhügel nicht geglaubt. Hast mich vielleicht reinleimen wollen.»

«Dir auch das Gefühl geben wollen, du hättest ein Gespenst gesehen?»

«Ja. Könnte sein, oder?»

«Ich habe mir wirklich erhofft, dass du mir die Geschichte mit dem Hund glaubst. Und ich versichere dir: Auch gestern Abend die Sache mit dem komischen Kerl hat sich tatsächlich so abgespielt.»

«Okay.»

«Ich höre deine Zweifel.»

Dieses Mal ist es David, der für die längere Pause in der Leitung verantwortlich ist.

«Hmm. Vielleicht ging jetzt auch meine Fantasie etwas mit mir durch, Eddie. Sorry, wenn ich dich im Verdacht hatte, mir Chabis zu erzählen. Was allerdings immer noch nicht erklärt, wer die Frau auf der Bank war.»

«Na gut, kann sein, dass ich da etwas verwechselt habe, David.»

«Dass es gar nicht Frau Abächerli ist, die immer diese blöden Pantoffeln trägt? Oder trug.»

«Genau.»

«Vielleicht lösen wir dieses Rätsel noch. Zurück zur Grellingerstraße 81. Meinst du, wir finden da noch etwas heraus?»

«Schon möglich. Ich kann ja mal – ganz harmlos – Roland Laverriere ein bisschen auf den Zahn fühlen, wenn er mir wieder über den Weg läuft. Und zudem habe ich mir bei Google Maps mal die Situation von oben angesehen: Auf der Rückseite der Grellingerstraße 81 liegt das riesige Areal einer Baufirma. Vielleicht müsste man sich bei denen mal etwas umhören.»

«Kennst du dort jemanden?»

«Nicht wirklich.»

«Bringst du Post ins Grundstück hinein?»

«Ja. Die haben keinen Briefkasten. Aber ich gehe nicht so weit nach hinten, dass ich etwas erkunden könnte.»

«Schade. Frau Fahy hat mir übrigens gesagt, dass die alte Frau Hagenbach mehr wüsste.»

«Da hat sie bestimmt recht. Dort warst du doch gerade.»

«Eben. Es gibt im Moment keinen plausiblen Grund, bei ihr an der Tür zu klingeln und neugierige Fragen zu stellen, die mit meinem Job als Coiffeur rein gar nichts zu tun haben.»

«Und die Haushälterin? Wie heißt sie noch? Perovic oder so?»

«Pekovic. Was soll die schon erzählen können? Die steht bestimmt noch nicht lange genug im Dienst der Frau Hagenbach, um Geschichten von früher zu kennen.»

«Ich überleg mir was.»

Wenn zwei Männer miteinander telefonieren, geht das Gespräch nicht mit vielen Nettigkeiten und Floskeln zu Ende. Es endet einfach. So auch in diesem Fall. Eddie und er haben es auch nicht für nötig befunden, etwas abzumachen. Für ein weiteres Bier oder so. Eddie taucht ja eh regelmäßig bei ihm im «Haargenau» auf, wenn er auf seiner Tour Nr. 2 ist – die andere führt ihn durchs Gellert rund um den Karl-Barth-Platz.

Zudem, so sagt sich David, ist es ja auch nicht sein größtes Problem, herauszufinden, was es mit der Liegenschaft an der Grellingerstraße auf sich hat. Die bevorstehende Weihnachtszeit beschäftigt ihn mehr. Es wird viel Arbeit geben, und er wird am Abend des 24. Dezember kaputt sein. Und was dann? Mit wem soll er Weihnachten feiern? Er hat niemanden. Seine ehemaligen Freunde in Berlin? Mit Ausnahme von Tess hat er kaum mehr mit jemandem Kontakt. Selbst wenn er noch in Berlin leben würde, könnte er sich nicht einfach irgendwo dranhängen. Zu Weihnachten bei irgendwem mitlaufen.

Später am Tag hört er, wie auch Anuschka und Isabelle sich bereits Gedanken zu den Festtagen machen. Was sie schenken sollen. Wo und bei wem es am 24., am 25. und am 26. Dezember was zu essen geben wird. Fondue chinoise steht offenbar bei beiden auf dem Programm.

Isabelle ist in ihrer Pflegefamilie glücklich. Das weiß er. Und hört es auch jetzt wieder aus dem Gespräch heraus. Und Anuschka hat seit längerer Zeit einen festen Freund. Die Familien kennen sich, und während sich David Gedanken macht, wie er es verhindern kann, drei Tage einsam Trübsal zu blasen, beschäftigt Anuschka das Gegenteil. Sie hat Angst, dass ihr alles zu viel werden könnte, dass es «anstrengend» wird, wie sie mehrmals sagt. Und dass sie all die Pfunde, die sie seit dem Sommer abgenommen hat, innerhalb von drei Tagen wieder zulegen wird.

Zweiter Teil

Nebel

Am 19. Dezember geht eine vorübergehende Wärmephase über Nacht zu Ende. David wacht auf, weiß, es wird ein intensiver Arbeitstag werden, und sieht den Frost auf den Ziegeln des Nachbarhauses. Über dem Rhein steigen Nebelschwaden auf. Ein seltenes Phänomen in Basel. Es ist die letzte Woche vor Weihnachten. Am Sonntag ist Heiligabend. Das ist gut. Somit wird der Samstag zwar noch extrem hektisch mit viel und gereizter Kundschaft, aber danach ist für drei Tage Ruhe.

Am Abend ist er bei Eddie eingeladen. Sie haben jetzt mehr als einen Monat lang fast keinen Kontakt gehabt. Einmal nur haben sie vor dem Geschäft kurz miteinander geredet. Es ging um die vermeintliche Frau Abächerli.

«Es war Frau Amherd. Die mit den Tigerfinken. Und sie wohnt nicht an der Froburgstraße, sondern im Altersheim an der Breite», hat Eddie ihm erklärt. Etwas schuldbewusst. «Ich habe sie gestern Nachmittag in einem für diese Jahreszeit viel zu dünnen Mantel bei der Avia-Tankstelle oben beim St. Alban-Tor gesehen. Sie hat die Benzinpreise mit der Temperaturanzeige verwechselt. Ist nicht mehr ganz Hugo. Habe sie ins Heim begleitet. Was mich irritiert hat: Sie wusste, wer ich bin. Das erklärt vielleicht auch, weshalb sie deinen Namen kannte und einen Gruß an deinen Vater ausgerichtet hat. Sie ist zwar nicht mehr ganz beieinander, aber ihr Gesichts- und ihr Namensgedächtnis scheinen noch zu funktionieren.»

David hat die Erklärung zur Kenntnis genommen. Die Sache liegt fast sechs Wochen zurück. Es ist nicht so, dass er sich noch groß darüber Gedanken gemacht hätte. Für einen Moment war ihm die Frage auf der Zunge gelegen, ob Eddie inzwischen auch eine gute Erklärung für seine Begegnung mit dem bösen Hund und dem lauten Mann beim Galgenhügel gefunden habe. Er hat es unterlassen.

Die Einladung zu einem Fondue bei ihm an der Angensteinerstraße hat er gerne angenommen. Er freut sich auch auf den Abend in Gesellschaft.

Dann kann er Eddie von Leonie erzählen. Viel gibt es zwar noch nicht zu berichten, aber er hat ein gutes Gefühl. Schade bloß, dass sie über Weihnachten wegfahren wird.

Als er pünktlich um halb zehn im Geschäft ist, die Heizung ein bisschen mehr aufdreht, frische Blumen in die beiden Vasen verteilt und sämtliche Lichter anschaltet, taucht auch schon Isabelle auf. Und nur drei Minuten später Anuschka. Marie-Jo, das wissen alle im «Haargenau», wird erst knapp vor Arbeitsbeginn eintreffen, aber sie hat auch den längsten Weg.

Mario hat er inzwischen abgesagt. Schweren Herzens. Aber ihm gefällt die Stimmung im Team, und er will nicht riskieren, dass sich daran etwas ändert. Bei der Hausbesitzerin hat er angefragt, ob die Möglichkeit bestehe, den Laden zu vergrößern. Sie hat auf jeden Fall nicht kategorisch nein gesagt. Somit besteht die Hoffnung, dies als großes Projekt für das kommende Jahr zu betrachten. Patrizia hat sich endlich dazu durchringen können, ihm definitiv Bescheid zu geben, dass sie nicht mehr arbeiten will. Jedenfalls nicht in Basel. Sie lebt mit ihrem Mann und dem Baby in Sissach. Wenn überhaupt eine Rückkehr in den Beruf in Frage komme, dann nur dort in der Nähe.

Gegen Mittag nimmt Isabelle einen Anruf von Frau Pekovic entgegen. David ist gerade am Schneiden, aber er hört immer mit, wenn es um Termine oder spezielle Kundschaft geht.

Isabelle gibt ihm ein Zeichen. Sie deckt das Mikrofon des Geräts so gut es geht ab und flüstert mehr als sie sagt: «Frau Hagenbach.»

David entschuldigt sich bei der Kundin auf seinem Stuhl, sagt, er müsse dieses Gespräch selbst schnell entgegennehmen. Frau Kurz ist unkompliziert. Sie nickt verständnisvoll.

«Hallo, Frau Pekovic, hier ist David Friedrich.»

«Guten Mittag, Herr Friedrich. Frau Hagenbach hat mich gebeten, bei Ihnen nachzufragen, ob sie so nett wären, ihr noch vor Weihnachten die Haare zu schneiden. Sie ist am 25. eingeladen.»

Den zweiten Teil des Satzes: «... und möchte dann so adrett wie möglich aussehen», hält Pekovic für überflüssig.

Eigentlich passt ihm das gar nicht. Und eigentlich würde er Anuschka für so einen Dienst abkommandieren und ganz bestimmt nicht selbst hingehen. Er blättert rasch in der «Bibel», legt sich gleichzeitig einen idealen Zeitplan zurecht und muss Frau Pekovic trotzdem rasch um etwas Geduld bitten. Bis er sicher ist, dass es sich so machen lässt, wie er sich das auf die Schnelle ausdenkt.

«Frau Pekovic, sorry, musste schnell zwei, drei Dinge abklären. Ich könnte morgen um halb zehn vorbeikommen. Wäre das in Ordnung?»

Nun ist es die Haushälterin, die offensichtlich rasch mit ihrer Chefin Rücksprache nehmen muss. «Herr Friedrich? Das ist gut. Frau Hagenbach freut sich sehr, dass Sie das einrichten können. Sie entschuldigt sich, dass es so kurzfristig ist.»

«Kein Problem. Geht es ihr etwas besser?»

«Sie wissen schon: der Rücken und das Herz. Aber im Kopf ist immer noch alles perfekt. Also. Bis Morgen.» Sie hängt auf. David ist etwas verdattert.

Als er um 19.30 Uhr bei Eddie eintrifft – er bringt eine Flasche Petite Arvine mit –, ist dieser gerade in der Küche beschäftigt. Er schält noch die letzten Knoblauchzehen, hat aber, soweit David das erkennen kann, sonst alles vorbereitet.

«Ein Glas Weißwein, David?»

«Sehr gerne.»

Eddie kriegt das Fondue genau so hin, wie David es mag: nicht zu flüssig und nicht zu sämig. Er hat ein bisschen Vacherin daruntergemischt, und hinreichend Knoblauchstückchen entdeckt David beim Rühren mit dem ersten Brot an der langen Gabel auch schon. Der Appetit und dessen möglichst gekonnte Stillung sind das eine. Was David vermutet hat, bestätigt sich schon nach kurzer Zeit. Eddie hat etwas zu berichten. Es geht ihm bei der Einladung nicht bloß um das gesellige Beisammensein.

«Ich weiß mehr über die Grellingerstraße 81», fängt er seinen Bericht an.

Und es stellt sich heraus: Eddie schreckt, wenn ihn etwas wirklich wundernimmt, auch vor illegalen Machenschaften nicht zurück. Er habe eine kleine, unauffällige Überwachungskamera installiert. Mit Fokus – logischerweise – auf der Nummer 81.

«Wie hast du das angestellt?»

«Zuerst habe ich mir das Ding besorgt und es so eingerichtet, dass es seine Daten direkt an meinen Computer sendet. Dann überlegte ich mir, wo ich die Kamera am besten platzieren könnte. Musste auf alle Fälle unauffällig sein. Aber die Müllers auf der anderen Straßenseite haben glücklicherweise eine dichte, fast mannshohe Hecke zur Straße hin, die legen offenbar auf Sichtschutz wert. Ich habe alles, was notwendig war, geschickt in dieser Hecke verborgen.»

«Am helllichten Tag?»

«Logo. Sowas machst du am besten immer am helllichten Tag. Wenn ich bei Dunkelheit an der Hecke herumgefummelt hätte, wäre das bestimmt aufgefallen. Also habe ich eines Morgens während meiner Tour den Töff samt Anhänger hingestellt und so getan, als sortiere ich die Post um. Oder als suche ich etwas in meinem schönen, gelben Anhänger. Ist ja egal, wie das für mögliche Zeugen gewirkt hat. Aber ich stand so vor der Hecke, dass nicht groß aufgefallen ist, was ich wirklich machte.»

«Die Kamera installieren.»

«Und den Akku.»

«Und dabei hat dich niemand gestört?»

«Am ersten Tag habe ich das Gerät einfach mal im Blätterwerk der Hecke verborgen und die Kamera ganz grob in Richtung 81 ausgerichtet. Am späteren Nachmittag prüfte ich daheim die Verbindung, sah, dass ich die Kamera zu weit unten in der Hecke eingebaut und dabei nicht bedacht hatte, dass dort ja auch Autos geparkt werden. Mein Bildschirm zeigte mir sehr viel SUV und sehr wenig Haus. Das korrigierte ich am nächsten Tag.»

«Und niemandem fiel etwas auf?»

«Nein. Der Akku – ganz in Schwarz – sitzt weit unten zwischen Mäuerchen und Hecke. Wirklich kaum zu sehen. Und die Kamera habe ich am Buschwerk festgebunden. Ein bisschen windschief leider, aber das ist nicht so schlimm.»

«Und?»

«Was und?»

«Na erzähl: Was geht dort ab?»

«Der junge Laverriere geht fast täglich ins Haus. Er hat immer eine Tüte oder einen Rucksack dabei. Vermutlich bringt er Lebensmittel. Und er folgt keinem Muster. Oder nur ganz grob. Meistens taucht er gegen 19 Uhr auf. Es kann aber auch mal 17 oder 21 Uhr sein.»

«Du meinst, sein Muster ist, dass er sich darum bemüht, kein Muster zu haben?»

«Genau. Das vermute ich.»

«Bleibt er lange dort drin?»

«Nein. Nicht länger als eine halbe Stunde. Beim Rausgehen leert er einmal die Woche den Briefkasten. Und während er im Haus ist, gehen Lichter an und aus.»

«Dann hast du dich getäuscht, Eddie. Das Haus ist doch bewohnt.»

«Nein, ich täusche mich nicht, David. Ich bin überzeugt, da stimmt etwas nicht. Jetzt mehr denn je. Ich habe mir fast fünf Wochen lang genau angesehen, was dort passiert. Und das ist nicht normal. Kein anderer Mensch betritt das Haus. Es kommt keine Putzfrau – und bei der Größe des Anwesens müsste bestimmt in regelmäßigen Abständen jemand sauber machen –, es kommt kein Besuch, nichts. Die beiden einzigen Menschen, die dort an der Haustür zu beobachten sind: Laverriere Junior und ich, wenn ich ab und zu die Post bringe.»

«Weshalb interessiert dich das eigentlich so brennend?»

Eddie rührt im Fondue. Lässt sich Zeit mit der Antwort. «Okay, David, ich verrate dir jetzt etwas. Aber du musst schwören, eher tot umzufallen, als auszuplaudern, was jetzt kommt.»

«Großes Indianer-Ehrenwort.»

«Weißt du, als Pöstler fallen mir im Quartier manchmal Sachen auf. Briefkästen, die lange nicht geleert werden, Häuser, die langsam verfallen, Menschen, die plötzlich aus Mietblöcken kommen, in die sie gar nicht gehören.»

«Und du kannst dieses Wissen verwenden ...»

«Ja, wenn ich es richtig anstelle. Mein Cou-Cousin ist Pöstler in Mississippi. Er hat mich auf die Idee gebracht. Er verdient sich ein hübsches kleines Nebeneinkommen, wenn er merkt, dass Grundstücke nicht mehr bewohnt sind. Er muss nur den richtigen Zeitpunkt abwarten, bis diese Häuser oder Grundstücke versteigert werden. Oder er schickt einen Strohmann zu den Banken, die die Hypotheken halten, und versucht, mit ihnen einen Deal zu machen. Das hat vor allem während Corona super funktioniert.»

«Was hat Corona damit zu tun?»

«Die Leute verloren ihre Jobs. Konnten die Schulden nicht mehr bezahlen. Also auch die Hypotheken nicht mehr bedienen. Manche sind einfach abgehauen. Tony hat mir von einem Haus erzählt, da ist er in die Küche gekommen – die Leute hatten sich Wochen vorher über Nacht aus dem Staub gemacht – und hat im Kühlschrank noch jede Menge Lebensmittel gefunden. Vergammelten Käse. Fleisch, das schon fast wieder lebendig wurde, und so Zeug. Echt creepy.»

«Und das funktioniert hier bei uns auch?»

«Natürlich nicht genau so. Aber ich bin oft einer der Ersten, der mitkriegt, dass etwas nicht stimmt. Dass ein alter Mensch, der es lange Zeit noch irgendwie geschafft hat, selbstständig daheim zu leben, plötzlich weg ist. Niemand leert mehr den Briefkasten. Oder ich kriege mit, dass die Sanität ihn oder sie abgeholt hat.»

«Und was machst du mit diesem Wissen?»

«Ich habe Kontakte, die ich informieren kann. Einen Treuhänder und einen Immobilienmakler. Die Namen brauchst du nicht zu wissen.»

«Und die, so vermute ich, geben dann ihr Bestes, um beim Haus- oder Wohnungsverkauf zum Zug zu kommen.»

«Genau.»

«Und du bist finanziell beteiligt, wenn es klappt.»

«Klar. Ich mach das nicht bloß, um ein bisschen Beschäftigung zu haben.»

«Hast du mir nicht ganz am Anfang, als wir uns wiederbegegnet sind, einmal erzählt, du seist noch als Abwart und Hausmeister tätig?»

«Wenn ich mich richtig erinnere, habe ich vor allem gesagt: Ich kümmere mich um ein paar Wohnungen. Und das stimmt ja auch, wie du siehst.» Eddie lacht zufrieden. Nimmt einen Schluck Kirsch, scheint sich zu überlegen, ob er noch mehr Fondue mag oder nicht.

David hat die Waffen bereits gestreckt. Die Fonduegabel liegt quer über seinem Teller, auf dem nur noch ein paar Brosamen sind. Alle Brotstückchen sind aufgebraucht. Sein Kirschglas ist noch randvoll. Aber nun stößt er mit Eddie – dem Fuchs – an und muss auch schmunzeln.

«Eddie. Sag mir jetzt nur nicht, das sei alles völlig in Ordnung. Ein Pöstler, so nehme ich an, darf dieses Wissen nicht verwerten.»

«Vermutlich nicht, nein. Aber es hält auch nicht jeder Pöstler seine Augen so offen wie ich. Oder spitzt immer seine Ohren. Oder achtet ein kleines bisschen darauf, welche Post, welche Magazine und welche Prospekte er wem bringt. Es ist eine Art Puzzle, David. Aber eines, das über lange Zeit gespielt wird. Und ich bin darauf angewiesen, dass mir die Puzzleteile in die Hände fallen. Ich kann sie mir nicht selbst beschaffen.»

«Aber du scheinst ein guter Puzzler zu sein. Ich verstehe jetzt auch, wie du es dir leisten kannst, in zwei Wohnungen zu leben. Und warst du im Sommer nicht auf einer längeren Reise in Kalifornien?»

«Ja, war ich. Zusammen mit Tony.»

«Dem Cou-Cousin aus Mississippi.»

«Genau. Wir haben ein paar Informationen ausgetauscht, und ich habe einige neue Tricks gelernt.»

«Zum Beispiel die Installation von Überwachungskameras ...»

«Unter anderem.»

«Du bist ein Schlitzohr, Eddie.»

Er erhält keine Antwort auf diese Feststellung. Dafür wird sein Kirschglas wieder gefüllt.

David kippt das Feuerwasser runter, steht auf, sieht sich in der Hinterhaus-Wohnung an der Angensteinerstraße etwas genauer um. Eddie beobachtet ihn, bleibt aber sitzen.

«Dein Nebengeschäft scheint sich zu rentieren.» Er meint es ernst. Kein ironischer Unterton. Kein Neid, kein Vorwurf, eher leise Anerkennung. «Und wenn ich mir das jetzt so durch den Kopf gehen lasse: Dein älterer Bruder führt doch das Malergeschäft eures Vaters weiter, oder? Hast du mir kürzlich erzählt.»

«Stimmt.»

«Kann es sein, dass er manchmal Aufträge einholen kann, weil du mitkriegst, wo bald ein Maler gebraucht wird, weil ein Haus wieder auf Vordermann gebracht werden muss?»

«Kann sein.»

«Ganz schön clever. Langsam verstehe ich, weshalb du so an der Grellingerstraße 81 interessiert bist.»

«Es wäre eine Riesenkiste, David. Stell dir vor, was das Haus wert ist! Hast du dir auf dem Geoportal auch das Grundstück angesehen?»

«Ja. Es ist eines der größten in der näheren Umgebung.»

«Diese Liegenschaft ist viele Millionen Franken wert. Wenn ich einen Weg finde, ein bisschen die Strippen zu ziehen, sobald der Besitzer wechselt, würde es mir ein hübsches Sümmchen in die Kasse spülen.»

«Verstehe. Aber hattest du nicht gesagt, als wir uns dort vor dem Haus zufällig über den Weg gelaufen sind, dein Interesse an der Nummer 81 sei etwas abgeflacht?»

«War es auch. Es tat sich so lange nichts ... Und ich war zuletzt noch an zwei, drei anderen Projekten dran. Da flaute meine professionelle Neugier etwas ab.»

Eddie ist nun auch aufgestanden. Direkt an die großzügige Küche mit den markanten alten Balken und dem schönen schwarzweißen Steinboden schließt das Wohnzimmer an. Ein großer, rechteckiger Raum, sicherlich vierzig Quadratmeter oder mehr, mit einem Schwedenofen in der einen Ecke, einer Sofalandschaft, einem alten, aufgepeppten Holztisch samt passender Stühle und schönen Bildern an den Wänden, ein Mix aus klassischer Moderne und Avantgarde. Auf dem Holztisch steht Eddies Laptop. Der Bildschirm ist dunkel.

Es ist mittlerweile kurz vor 21 Uhr. Beide haben sich die Bäuche vollgeschlagen, spüren ein wenig den Wein und den Schnaps. Sind vermutlich bereits in der Verdauungsphase, in der der Magen viel Blut braucht, um mit all dem Käse und dem Brot etwas Sinnvolles anzustellen.

Kurz gesagt: Sie sind nicht mehr ganz so vif und voller Tatendrang.

Als Eddie den Computer zum Leben erweckt, geschieht das mehr aus einer Laune heraus. Nicht weil er David wirklich etwas zeigen wollte.

Aber auf einmal ist er wieder hellwach, seine Augen leuchten, er gibt David ein Zeichen.

Auf dem Bildschirm ist das Haus an der Grellingerstraße 81 zu sehen, leicht schräg im Bild, was tatsächlich irritiert. Es wirkt wie eine Szene aus einem Art-House-Film. Ein etwas älterer Herr mit einer Papiertüte nähert sich und geht die drei Stufen zum Eingang hoch. Um die Tür zu öffnen, braucht er nicht etwa einen Schlüssel. Nein, er tippt in ein kleines Kästchen oberhalb des Briefkastens einen Code ein. Wenn David richtig beobachtet hat – trotz Weißwein und Kirsch –, sind es sechs Zahlen.

Die Tür öffnet sich. Schwaches Licht dringt auf die nächtliche Straße. Der Mann wirft einen Blick über beide Schultern, als wolle er sicher sein, dass niemand in der Nähe ist. Dann geht er ins Haus. Die Tür fällt ins Schloss. Automatisch? Die Bewegung ist jedenfalls auffällig gleitend. Oder gleichförmig.

Kurz darauf wird es hinter einem Fenster im ersten Stock hell. Nur ganz kurz ist hinter den Vorhängen eine Silhouette zu erkennen. David ist sich sicher: Das ist der jüngere Laverriere. Größe und Körperhaltung stimmen.

Er schaut Eddie an. Dessen Blick ist aber immer noch voller Konzentration auf den Bildschirm gerichtet.

« Wart! »

« Worauf? »

« Wirst du gleich sehen. »

Hinter einem der Kellerfenster blitzt drei Mal ein rotes Licht auf. David schaut Eddie an. Mit großen, fragenden Augen.

« Hast du das gemeint? »

« Ja. »

« Kennst du den Zahlencode für die Tür? »

Eddies zufriedenes Grinsen ist Antwort genug.

Regen

David hat schlecht geschlafen. Zu viel Käse. Zu viel Kirsch. Zu viele Informationen. All das musste er verdauen.

Gegen 8 Uhr sitzt er beim Frühstück und weiß gar nicht recht, ob er überhaupt Hunger hat. Das Brot ist alt, die Butter ist hart, und sein Schwarztee mundet ihm ausnahmsweise auch nicht. Fad. Vielleicht hat er nicht lange genug Wasser laufen lassen, als er den Kocher gefüllt hat? Vielleicht hat das Wasser zu lange in der Leitung gestanden? Vielleicht sollte er den Teekrug wieder einmal gründlich spülen? Vielleicht hat er ihn beim letzten Mal aber auch zu gründlich gespült und all die wertvollen Ablagerungen und Essenzen des Tees – Yorkshire Tea – ausgewaschen und muss deshalb nun eine Pfütze trinken?

Er ist unleidig. Manchmal vermisst er den Raben, der im Frühjahr zu einem treuen Gast auf seinem Balkon wurde. Mit dem könnte er jetzt ohne Weiteres ein paar Worte wechseln, was seiner Stimmung bestimmt Auftrieb geben würde.

Er liest zu lange in der BaZ. Er vergeudet seine Zeit mit einem langen Interview, das letztlich völlig belanglos ist, weil der feine Herr Politiker sich als Meister darin entpuppt, Phrasen zu dreschen und Antworten aus dem Weg zu gehen, wo es wirklich einmal spannend werden könnte. Ist wohl eine der Kernkompetenzen dieser Kaste. Und der Journalist hat sich einlullen lassen. Oder nicht den Mumm gehabt, nachzuhaken. Vielleicht zu jung. Zu grün hinter den Ohren.

Um zehn vor neun merkt er, dass ihm die Zeit davonrennt. In vierzig Minuten muss er bei Frau Hagenbach auf der Matte stehen, frisch geduscht, rasiert, adrett, wohlriechend und mit seinem Handwerkszeug unter dem Arm.

Immerhin ist er am Vorabend klug genug gewesen, seine Siebensachen zu packen und mit nach Hause zu nehmen. Sonst müsste er jetzt erst noch ins Geschäft, was ein Umweg wäre.

In Windeseile erledigt er, was es zu erledigen gilt. Er fährt nicht Velo. Hat keinen Töff. Auch kein Auto. David ist gerne Fußgänger. War er auch in Berlin. Kam immer entweder mit der S-Bahn zur Arbeit oder per pedes.

Ist auch jetzt der einfachste Weg an die Grellingerstraße. Zu Fuß. Erst als er aus dem Haus tritt, fällt ihm auf, was er bis dahin zu wenig beachtet hat: Die schwarzen, dicken Wolken künden Regen an. Bald. Er rennt noch einmal die Treppe in den ersten Stock hoch, zieht den Schlüssel aus der Hosentasche, öffnet die Wohnungstür, greift – fast blindlings – nach rechts und schnappt sich den Schirm.

Kaum ist er bei der Don-Bosco-Kirche, fängt es an zu schütten. Er spannt den Schirm auf und sieht das 3er-Tram kommen. Bringt ihm aber nichts. Er geht den Stapfelweg hoch, und es trägt nicht zu seiner Laune bei, dass dabei seine frisch geputzten Schuhe nass und schmutzig werden.

Drei Minuten zu spät, um 9:33 Uhr, steht er vor dem Haus der alten Frau Hagenbach. Sein Klingeln wird sofort beantwortet. Die Haustür öffnet sich automatisch. Frau Pekovic kommt ihm entgegen, nimmt ihm den nassen Schirm ab, steckt ihn in einen Ständer. Nimmt ihm den nassen Mantel ab, greift einen Bügel und hängt ihn an die Garderobe. Ohne Worte.

«Guten Morgen, Frau Pekovic. Ein Sauwetter.»

«Regen tut gut. Der Sommer war viel zu trocken.»

«Da haben Sie allerdings recht.» Er greift den Koffer, den er neben sich hingestellt hat, schüttelt sich ein wenig, als wäre er ein Hund, der aus dem Regen ins Trockene gekommen ist.

Frau Pekovic beobachtet das, misst ihm keine Bedeutung bei und findet es auch unnötig, dies zu kommentieren.

«Frau Hagenbach wartet in der Stube.»

«Wunderbar. Dann gehen wir.»

Das Haus ist halb so groß wie das mit der Nummer 81. Aber es ist durchaus edel. Schöne alte Stein- und Holzböden, Teppiche, die ein kleines Vermögen gekostet haben müssen. Das Entrée groß genug, um einer kleinen Gästeschar die Gelegenheit zu bieten, sich all dessen zu entledigen, was in den Wohnräumen unnütz ist.

Im Gang führt linker Hand eine breite Treppe in den oberen Stock. Sie besteht aus Holz, das glänzt und wohl regelmäßig Möbelpolitur in sich aufsaugen darf. Der Treppenlift stört optisch. Aber man hat ein Modell gewählt, das möglichst unauffällig ist und nicht allzu heftig ins Auge sticht. In den oberen Räumen war David noch nie. Aber er weiß, dass es auch einen ausgebauten Dachstock gibt und irgendwo dort oben ein Atelier, in dem der unlängst verblichene Herr Hagenbach sich seinen Aquarellen widmete, während es seine Frau Gemahlin vorzog, im großen Salon zusammen mit zwei, drei Bekannten zu musizieren. Oder Lesungen zu veranstalten.

Woher er das weiß? Das Grundwissen stammt noch von seinem Vater. Der hielt sehr viel von den Hagenbachs. Schätzte sie als Kundin ungemein und war sogar ein paar Mal in den Genuss gekommen, in Begleitung seiner Frau – Davids Mutter – eingeladen zu werden.

Werner Friedrich war schließlich nicht umsonst *der* Coiffeur in der Dalbe. Der Monsieur – wie man ihn gerne nannte und wie er es sehr schätzte, genannt zu werden – wusste Eindruck zu machen. Obwohl nur mit einem schmalen Schulrucksack ausgerüstet, hatte er sich nicht nur beruflich immer weitergebildet, er hatte auch großen Wert darauf gelegt, zu verstehen, wovon seine Kundinnen redeten, wenn sie am Abend vorher im Theater oder im Ballett gewesen waren und dann tags darauf bei ihm auf dem Stuhl saßen. Von Literatur und Kunst ließ er zwar weitgehend die Finger, aber Theater, Ballett und klassische Musik faszinierten ihn.

David hat sich aber auch von Marie-Jo updaten lassen. Hat sie gebeten, ihm nochmals so viel wie möglich über Frau Hagenbach zu erzählen.

Frau Pekovic führt ihn nun nicht in den großen Salon, den er bereits kennt, sondern in einen deutlich kleineren Raum, den man vielleicht vor einem halben Jahrhundert oder so als «Raucherzimmer» bezeichnet hätte.

Ob Herr Hagenbach selig Raucher war, entzieht sich Davids Wissen. Jedenfalls ist in dem hübschen, nahezu quadratischen Raum nichts von abgestandenem, altem Rauch zu merken. Auffällig ist aber der große Blumenstrauß, der beim Kamin steht.

Frau Hagenbach sitzt auf einem Stuhl in der Mitte des Zimmers. Frau Pekovic hat ein paar Möbel zur Seite gerückt und unter dem Stuhl, auf dem die alte Dame Platz genommen hat, ein Tuch – vermutlich ein altes Leintuch – ausgebreitet, damit sie nach getaner Arbeit die abgeschnittenen Haare nicht mühsam aus dem Perserteppich staubsaugen muss.

Frau Hagenbach dreht ihren Kopf ein wenig zur Seite. David sieht, dass ihr selbst diese kleine Bewegung Schmerzen bereitet. Sie tut ihm leid. Eine herzensgute alte Basler Dame mit Stil und Klasse, die wegen ihrer Rückenprobleme mehr oder weniger ans Haus gefesselt ist.

«Guten Morgen, Herr Friedrich.»

«Guten Morgen, Frau Hagenbach. Wie geht es Ihnen heute?»

«Es geht, wie es gehen muss. Ich schlage mich durch. Aber ich freue mich sehr darauf, über Weihnachten wieder einmal ein wenig unter Freunden sein zu dürfen.»

«Ich verstehe. Ich werde mir alle Mühe geben, damit man Sie bewundert.»

«Sie sind ein Schatz, Herr Friedrich.» Sie scheint sich etwas zu überlegen. «Ich weiß ja nicht, ob ich das heutzutage überhaupt noch hätte sagen dürfen.»

«Och, Frau Hagenbach. Sowas darf man mir gerne immer mal wieder sagen.»

Er weiß ganz genau, dass sie den äußerst charmanten Stil seines Vaters über alles geschätzt hat. Er hat bei den Trauerkarten nach dem Tod des Alten jene von ihr besonders lange in der Hand behalten, weil es ihr gelungen war, mit wenigen Worten ihrer Wertschätzung für Werner Friedrich Ausdruck zu verleihen.

Noch während er Konversation macht, sieht David, dass er nicht nur schneiden muss. Frau Hagenbach trägt ihr – immer noch erstaunlich volles – Haar halblang und mit Mittelscheitel. Und dort ist im Ansatz das Grau gut zu erkennen. Er wird auch etwas nachfärben müssen. Das kostet zwar mehr Zeit, als er eingerechnet hat, aber dann ist es halt so. Es lässt sich nicht ändern. Zwar weiß er nicht, von wem sie zu Weihnachten eingeladen ist. Aber er weiß ganz genau, was auf dem Spiel steht. Taucht seine Kundin dort mit dem grauen Haaransatz auf, würde das zwar garantiert von niemandem kommentiert werden, aber die anderen Damen würden sich nachher das Maul zerreißen. Und David braucht nicht viel Fantasie, um sich vorzustellen, was es heißen würde: «Der junge ist halt doch nicht ein so guter Coiffeur wie der alte. Also seinem Vater wäre so etwas nicht passiert.» Und so weiter und so fort. Ganz bestimmt wäre dann auch noch eine

Bemerkung wie «in Berlin arbeitet man halt anders» gekommen.

Als Frau Pekovic nach ein paar Minuten den Kopf durch die Tür streckt, um sicherzugehen, dass alles perfekt organisiert ist, gibt er ihr ein Zeichen.

«Ich werde färben. Können Sie mir bitte noch zwei Handtücher und ein kleines Waschbecken bringen?»

«Selbstverständlich, Herr Friedrich.»

Er arbeitet konzentriert. Zuerst schneiden. Seit seinem letzten Besuch vor sechs Wochen ist die Frisur nicht arg außer Kontrolle geraten, aber er sieht haargenau, was es zu verbessern gilt.

Frau Hagenbach erzählt ihm ein bisschen von ihrem Tagesablauf. Von der Routine, die sie allmählich zum Verzweifeln bringt, von den Freunden, auf die sie sich freut.

David hat sich vorgenommen, sich in Geduld zu üben. Er ahnt, dass es nicht gut ankäme, würde er an diesem verregneten Mittwochmorgen mit der Tür ins Haus fallen und mit allzu neugierigen Fragen versuchen, sie aus der Reserve zu locken. Und er ist überzeugt: Er muss nur den richtigen Moment finden. Es wird sich früher oder später die Gelegenheit bieten, die (vermutlich) leer stehende Nachbarvilla zum Thema zu machen.

Er behält recht. Als Frau Hagenbach sich bei ihm – treuherzig – nach seinem Lieblingsgebäck während der Weihnachtstage erkundigt, sagt er, ehrlich, er möge die Änisbrötli am liebsten.

Und von dort ist es dann ein überraschend kurzer Weg zu Weihnachten von damals.

«Das war noch eine andere Zeit, Herr Friedrich. Als mein Mann noch lebte und ich meine kleinen Konzerte im Salon gab, kam Weihnachten immer eine besondere Bedeutung zu. Ich war aktiv im Quartier. Engagierte mich im Frauenverein, war im Schulrat des Sevogelschulhauses, war beim Turnverein und ich pflegte – nein, ich muss mich korrigieren –, mein Mann und ich pflegten gute Kontakte zu den Nachbarn.»

«Das war bestimmt wertvoll», schiebt er ein und macht sich gerade daran, die Färbung vorzubereiten.

«Sehr! Wissen Sie, es gab auch vor dreißig oder vierzig Jahren schon Leute hier an der Straße, bei denen es ratsam war, ihnen aus dem Weg zu gehen.»

David horcht auf. Wird sie nun die Laverrieres erwähnen? Waren die vielleicht immer schon seltsam?

«Die Heinzelmanns zum Beispiel. Gegenüber in der 86. Eine unmögliche Familie. Die haben sich doch tatsächlich erlaubt, eines Tages, es muss Anfang Dezember gewesen sein, bei uns zu läuten und sich wegen meines Geigenspiels zu beschweren. Sie nannten es ‹Gefiedel›. Können Sie sich das vorstellen? Wie dreist! Ich mag nicht die erste Violinistin im Sinfonieorchester gewesen sein, das stimmt. Aber Gefiedel? Eine Frechheit!»

Sie macht eine Pause. Scheint den Moment noch einmal Revue passieren zu lassen. «Diese Deutschen, Kannenberg hießen sie, wenn ich mich richtig erinnere, waren auch so impertinent. Grüßten nie oder nur halbherzig, und ich bekam einmal mit – ich hatte ein sehr gutes Gehör – wie sie zu ihrem Mann sagte – es war im Konsum vorne –, sie begreife nicht, was eine kinderlose ‹Tante› in einem Schulrat verloren habe. Nur weil ihr ungezogener Filius mehrmals hatte vom Rektor zurechtgewiesen werden müssen. Und weil sie genau wusste, dass ich mit im Gremium gesessen hatte, das letztlich bewirkte, dass dieser verzogene, arrogante und rotzfreche Junge schließlich von der Schule flog. Dieser Kai-Uwe ging dann in ein Internat im Schwarzwald, und die Kannenbergs folgten ihm in Richtung Freiburg oder Bad Krotzingen oder so. Ein Segen, kann ich Ihnen sagen. Ein Segen!»

Sie hat sich ereifert. David arbeitet ruhig weiter. Nur einmal hat er kurz auf die Uhr geschaut. Er sollte, wenn es irgendwie geht, spätestens um 11 Uhr im Geschäft sein.

«Aber es gab auch die schönen Momente», führt Frau Hagenbach fort. «Mit Catherine Laverriere zum Beispiel war ich sehr eng befreundet.»

David drückt aus Versehen fast zu viel Farbe aus der Tube. Er beschließt, vorerst einmal einfach zuzuhören und nichts zu fragen. Sollte sie abschweifen und nun auf die Müllers und Meiers zu reden kommen, kann er ja immer noch versuchen, sie wieder in jene Richtung zu lenken, die ihm am besten passt.

«Sie und ihr Mann sind fast zur gleichen Zeit hier an die Grellingerstraße gezogen wie wir. Er hatte Geld. Richtig viel Geld. Viel mehr als wir. Sie kennen vielleicht das Haus?»

David muss blitzschnell eine Entscheidung treffen. Soll er ja sagen oder sich unwissend stellen? Verrät er sein bestehendes Interesse, wenn er ja sagt? Er sagt gar nichts. Schüttelt nur leise den Kopf.

«Nein? Drei Häuser vor unserem, wenn Sie von der Hardstraße kommen. Etwas zurückversetzt und vor allem freistehend. Wirklich ein sehr schönes Anwesen. Als Catherine noch am Leben war, pflegte sie den Garten mit großer Akribie. Aber das ist lange her. Sie ist vor über zwanzig Jahren gestorben. Vielleicht sind es sogar mehr. In meinem Alter fällt es mir manchmal schwer, Ereignisse, die lange zurückliegen, richtig einzuordnen. Vieles fließt irgendwie ineinander. Oder ich verhaue mich um zehn oder zwanzig Jahre, weil ich vergesse, wie alt ich bin.»

Sie lacht kurz. Und hält dann inne. Scheint in Erinnerungen versunken, die sie aufwühlen. David macht derweil mit seiner Arbeit weiter, wartet darauf, dass noch mehr kommt.

«Catherine und Reinhold waren ein ungleiches Paar. Sie so lebhaft, so neugierig, so offen. Beide kannten Basel nicht, als sie hierherkamen. Man hatte ihm eine Stelle bei der Ciba-Geigy angeboten. Das war, glaube ich, Mitte der 80er-Jahre. Wir hatten dieses Haus», sie macht mit der linken Hand eine umfassende Geste, «von meinen Eltern übernehmen können. Ich war also schon immer im Gellert daheim. Im Haus der Laverrieres lebte früher eine Familie Degen. Bauunternehmer. Sieben Kinder. Zogen nach Binningen in eine riesige Villa. Jedenfalls: Catherine so lebhaft und neugierig, und er ein in sich gekehrter Wissenschaftler. Genforscher oder Neurobiologe oder sowas.»

Frau Pekovic öffnet die Tür einen Spaltbreit. «Hätten Sie gerne ein Glas Wasser, Frau Hagenbach? Geht es? Ist es für Sie nicht zu anstrengend?»

«Nein, nein, liebe Irina. Alles gut.» Die Tür wird wieder geschlossen.

«Wo war ich?»

«Bei den Laverrieres.»

«Genau. Sie hatten einen Buben. Der war vielleicht etwa fünfzehn Jahre alt, als sie nach Basel kamen. Rolande. Ein hübscher Junge. Aufgeweckt, sprachbegabt, aber er kam eher nach dem Vater. Ein stiller, verschlossener junger Mann. Catherine war viel hier bei uns. Sie fühlte sich in dem riesigen Haus drüben nicht sonderlich wohl. Draußen, in ihrem Garten, ja. Drinnen? Nein.»

«Weil es zu groß war oder zu leer?» David unterbricht sie zum ersten Mal. Wenn er gar kein Interesse zeigen würde, denkt er, drohte vielleicht der Redefluss zu versiegen.

«Ich kann es nicht genau sagen. Ich begann jedenfalls, kleine kulturelle Runden zu organisieren. Musiknachmittage vor allem. Catherine saß am Klavier, ich an der Geige und Vreni Huber oder Celeste Oberholzer spielten Cello. Manchmal auch beide. Hin und wieder sprang Felicitas Glanzmann ein.»

«Und Frau Laverriere ist früh gestorben?»

«Viel zu früh. Sie wurde keine sechzig Jahre alt. Es ging ganz schnell. Sie war an einem warmen Sommertag noch bei mir. Hier in diesem Zimmer. Wir tranken Tee. Sie wirkte etwas bedrückt. Klagte über Kopfschmerzen. Ihr Mann war gerade von einem Kongress in Montreal – wo seine Familie auch herkam – zurück. Daran kann ich mich noch erinnern. Und dann sah ich sie nur noch einmal. Reinhold – sein Vater war Kanadier, seine Mutter eine Deutsche, ich glaube aus Frankfurt – stand dann drei Tage später bei uns vor der Tür. Er hatte Tränen in den Augen. Ich bat ihn ins Haus. Hans, mein Mann, setzte sich zu uns in den Salon, weil Reinhold ausdrücklich nach ihm gefragt hatte. Er sagte, Catherine sei zwei Mal zusammengebrochen. Einfach in sich zusammengesackt. Er habe sie ins Spital gebracht. Er wisse noch nicht, was mit ihr los sei. Er werde uns auf dem Laufenden halten. Ich fragte ihn, ob ich Catherine besuchen dürfe. Das sei unter den gegebenen Umständen nicht empfehlenswert, meinte er.»

Sie räuspert sich. David ist fast fertig. Er hält ihr den Spiegel hin. Sie sieht sich zufrieden an. Dankt ihm.

«Tut mir leid, dass ich Ihnen jetzt diese alte Geschichte so ausführlich erzählt habe, Herr Friedrich.»

«Das muss Ihnen gar nicht leid tun. Aber sagen Sie, das nimmt mich jetzt doch noch wunder, bevor ich zurück ins Geschäft gehe: Was ist denn aus Reinhold und Rolande geworden?»

«Ich verlor Reinhold aus den Augen. Er lehnte jegliche Einladungen nach dem Tod seiner Frau ab. Soweit ich weiß, ist sie übrigens in einem Sanatorium im Sankt-Gallischen oder im Appenzell gestorben. Rolande ist immer noch im

Quartier. Er wohnt jetzt an der Engelgasse. Gleich hier ums Eck.»

«Und das Haus?»

«Reinhold lebt immer noch dort, soviel ich weiß. Stellen Sie sich vor, Herr Friedrich: Dieses riesige Haus und der alte Mann – er muss jetzt über achtzig sein – ganz allein. Ich begreife auch nicht, wenn ich ehrlich sein soll, weshalb Rolande ausgezogen ist. Es hätte im Haus doch weiß Gott genug Platz für beide.»

«Es wird bestimmt einen Grund geben, Frau Hagenbach.»

David hat seine Siebensachen zusammengeräumt, hat alles wieder in seinem Köfferchen. Und er muss nun wirklich pressieren. Frau Hagenbach drückt einen Knopf an ihrem Handgelenk. Frau Pekovic kommt so schnell, dass man denken könnte, sie habe vor der Tür gewartet. Er verabschiedet sich von Frau Hagenbach, wünscht ihr – von ganzem Herzen – einen schönen Abend, viel Vergnügen und schöne Weihnachten.

An der Garderobe hilft ihm die Haushälterin in den Regenmantel. Fast vergisst er den Schirm, aber als Frau Pekovic ihm die Tür öffnet, sieht er, dass der Regen nicht nachgelassen hat, und da fällt ihm auch sein Schirm wieder ein.

Er wünscht auch der Haushälterin eine schöne Weihnachtszeit, obwohl er sich nicht sicher ist, welchem Glauben sie angehört. Sie bedankt sich artig, aber die alte prächtige Holztür fällt hinter ihm ins Schloss, noch bevor er auf der untersten der drei Treppenstufen steht.

Schnee

Er muss sich nun wirklich beeilen. Es ist fünf vor elf, und er weiß, dass er es nie und nimmer in fünf Minuten bis ins Geschäft schafft. No way. Aber gleichzeitig ist er zufrieden. Er hat viel mehr herausgefunden, als er sich erhofft hatte. Und wenn er sich nicht täuscht, hat Frau Hagenbach Roland immer mit einem e am Ende betont. Vielleicht nur ein Detail, aber interessant. Der verwilderte Garten ergibt jetzt auf jeden Fall Sinn. Wenn es doch für Catherine Laverriere eine Herzensangelegenheit war, ihn zu pflegen, und ihr Mann ein eher in sich gekehrter Forscher ist – oder war? –, hat er nach ihrem Tod wohl keine Ambitionen gehabt, sich um das Grundstück zu kümmern.

Allerdings scheint Frau Hagenbach davon auszugehen, dass Reinhold Laverriere immer noch in dem Haus wohnt. Und da weicht ihre Geschichte von der von Eddie ab. Denn der ist ja überzeugt, das Haus stehe leer, abgesehen von den gelegentlichen Kurzvisiten des Juniors.

Eines ist klar: Er muss unbedingt noch mehr über die Familie herausfinden. Vielleicht müssen Eddie und er sich mal Zeit nehmen, alle ihre Erkenntnisse zu notieren und zu vergleichen.

Er geht schnellen Schrittes via Engelgasse in Richtung St. Alban-Anlage und traut seinen Augen kaum, als er sieht, wie aus dem Regen ganz langsam Schnee wird. Nicht schöne, dicke, weiße Flocken, aber eindeutig auch nicht mehr bloß Wassertropfen.

Er ist froh, dass er gute Schuhe angezogen und den Schirm dabeihat, aber es ist auch klar, dass er im Geschäft zuerst einmal richtig trocken werden muss, bevor er an die Arbeit gehen kann.

Nun fällt ihm auch wieder ein, wer die Kundin ist, die dort ganz bestimmt schon auf ihn wartet: Meredith Jones. Oje, fährt es ihm durch den Kopf. Hätte er sich noch vor sieben oder acht Wochen auf sie gefreut, ist er nun nicht mehr so sicher. Die war doch beim letzten Mal ein einziges Nervenbündel.

David nimmt die Abkürzung beim Pax-Gebäude. Das Schleichweglein, das ihn viel schneller in die Malzgasse bringt, als wenn er bis zum Aeschenplatz würde gehen müssen. Es ist vier Minuten nach elf. Wenn er das Tempo durchhält, ist er in drei Minuten im «Haargenau» und kann in fünf oder sechs Minuten mit der Arbeit beginnen. Dann kommt es hin, und er kann die verlorene Zeit locker wieder einholen.

Als er beim Restaurant St. Alban-Eck – immer noch kalt und verlassen, auf Mehmet ist noch kein neuer Pächter gefolgt, und der schöne steinerne Poller unmittelbar davor ist auch schon wieder umgefahren worden – in die St. Alban-Vorstadt einbiegt, nur noch vierzig Meter vom Geschäft entfernt, sieht er, wie eine Frau aus dem «Haargenau» kommt, weder links noch rechts schaut und in Richtung St. Alban-Tor davonläuft. Hastet, wäre das passendere Wort. Wie ein Tier auf der Flucht. Er ist nicht ganz sicher, aber ziemlich: Das ist – oder war – Meredith.

Im Hauseingang schüttelt er zuerst den Schirm tüchtig aus, dann die Flocken von den Ärmeln seines Mantels. Dann klopft er die Schuhe ab, um möglichst wenig Nässe ins Geschäft zu tragen. Drinnen ist es wohlig warm.

Marie-Jo steht an der Kasse. Sichtlich irritiert.

«Du kommst spät.»

«Ich weiß. War das nicht gerade eben Frau Jones?»

«Ja, war sie.»

«Und müsste sie nicht auf meinem Stuhl sitzen? Sie ist doch meine nächste Kundin, oder?»

«Ja. Richtig.»

«Lass dir doch bitte nicht alle Würmer aus der Nase ziehen, Marie-Jo. Was ist passiert?»

«Sie war schon merkwürdig, als sie reingekommen ist. Hängte ihre Sachen an die Garderobe, wollte aber partout nicht das Kopftuch abnehmen, obwohl ich ganz freundlich helfen wollte, auch wenn ich grad am Schneiden bin.» Sie deutet auf ihren Stuhl, in dem eine Kundin seelenruhig in einem Magazin blättert. «Isabelle hat ihr einen Kaffee angeboten. Sie lehnte ab. Na gut, habe ich mir gedacht. Lässt du sie halt in Ruhe.»

«Und dann?»

«Das war vor etwa zehn Minuten. Sie hat dich von Anfang an gesucht, David. Kaum saß sie in der Wartezone, hat sie gefragt, wo du seist. Ob vielleicht noch im Büro. Ich habe ihr erklärt, du habest noch schnell etwas erledigen müssen, aber so, wie ich dich kenne, seist du bestimmt pünktlich wieder zurück. Und dann habe ich noch einmal wegen des Kopftuchs gefragt. Sie begann zu weinen. Lüftete es nur für meine Augen an einer Ecke ganz kurz. Da war ein riesiges Loch seitlich hinter ihrem Ohr, David. Schrecklich. Kreisrunder Haarausfall. Ich staune, dass sie heute überhaupt gekommen ist.»

«Die Arme. Sie tut mir leid.»

«Aber weißt du, was dann passiert ist, David?»

Und er sieht, dass Isabelle und Anuschka nun zuhören und gespannt sind, wie er reagieren wird. Sogar die Kundin mit dem Magazin auf dem Schoß gibt sich jetzt keine Mühe mehr, die Lesende zu spielen.

«Sag schon, Marie-Jo!»

«Ihre Uhr meldete sich zu Wort. Diese Siri oder wie die blöde Stimme heißt. ‹Time to go, Honey!› Sie hat sich in ihren Mantel gestürzt und ist rausgerannt.»

David will es zuerst fast nicht glauben. Aber Marie-Jo insistiert, und Isabelle und Anuschka bestätigen – ja schwören! – dass es sich genau so zugetragen habe.

«Time to go, Honey!» David ist sich nicht ganz sicher, aber er meint, das Honey am Schluss sei neu. Im November hatte sich diese dumme Siri doch auch plötzlich gemeldet, ohne dass sie von Meredith angesprochen worden wäre. Aber Honey? Da war noch kein Honey gewesen.

Als er am Abend mit Tess telefoniert und ihr die Geschichte erzählt, fällt ihr Kommentar knapp aus: «Die spinnen, die Amerikaner. Sag ich dir schon lange, Davi. Aber weißte, was mich erstaunt?»

«Keine Ahnung, was denn?»

«Dass es bei dir in deinem Museumsviertel überhaupt eine gibt, die Siri und Alexa und all diesen Mist kennt.»

«Wenn du dich endlich herbewegen würdest, statt ständig neue Ausreden zu finden, hättest du auch nicht so ein verqueres Bild von Basel.»

«Jaja, ich weiß schon. Diese beiden weißen Penisse der Roche (sie spricht es aus wie den Fisch) und all das andere Pharmagedöns.»

«Genau. Ich habe Internet mit Glasfaseranschluss im Geschäft und auch bei mir daheim. Während du noch wartest, bis eine Seite lädt und das Rädchen munter seine Runden dreht, hab ich mir schon alles runtergeladen, was ich will.»

«Angeber. Und du siehst ja an dieser Merediss, wozu das führt. Machst dich abhängig von dem Ganzen. Kommt nicht gut, sag ich dir. Haste auch schon KI verwendet?»

«Nö.»

«Fang erst gar nicht damit an. Hatte letzthin einen im Salon, der sich von der KI hat optimieren lassen. Sah scheiße aus, der Typ. Passte nichts zusammen. Sakko zu groß, Schuhe zu klobig, Brille zum Abgewöhnen. Aber der redete auch so nen völligen Käse. Alles durchsetzt mit so englischen Schlagwörtern: Puurposs, Ünik Selling Point, Tschätt Tschii-Pi-Tii. Übel, ich sachs dir.»

«Aber die Meredith tut mir trotzdem leid.»

«Ja, so bist du, mein Junge. Großes Herz. Frei nach Schiller – oder Goethe? An Empathie fehlt's dir nie! Man nannte dich hier hinter deinem Rücken nicht umsonst ‹Vater Teres›.»

«Das hat man gesagt?»

«Ähmm, ja.»

«Echt jetzt?»

«Nun ja, ich hab's gelegentlich verwendet.»

«Hätt ich mir denken können. Dabei bist du ja nicht viel besser, Schatzi. Machst immer auf cool und so. Aber ich weiß, dass das nur eine Maske ist, Tess. Sonst hätt ich dich ja nicht gerne hier.»

«Es läuft eben grad gut mit Stevie, und im Winter komm ich ganz sicher nicht in die Provinz.»

«Mach, was du willst. Frier dir doch in Berlin den süßen Hintern ab. Frag mal Siri oder Alexa, wo es im Januar und Februar besser auszuhalten ist: Basel oder Berlin?»

«Kannst mich mal. Ich frag Stevie und Trisch und Johnny vorne in der Bar. Ich will ja keinen edyoukeited gess, sondern Wissen aus erster Hand. Und noch was: Lass mir bloß die Finger von KI. Das ist Teufelszeug.»

«Sieht man ja an Meredith Jones.»

«Voilà. Meine Rede.»

Nachher überlegt er sich diesen Schluss der Unterhaltung noch einmal in aller Ruhe. Teufelszeug? War der Leibhaftige tatsächlich durch Bits und Bytes auf Meredith losgegangen und ließ sie nun nicht mehr los?

Oder war die gute Frau einfach psychotisch und brauchte dringende fachmännische Betreuung? Denn so viel steht fest: Der kreisrunde Haarausfall hat in neun von zehn Fällen seinen Grund im Wohlbefinden des Menschen. Eine Krankheit steckt selten dahinter. In der Regel geht es um eine Autoimmunreaktion, und die wiederum wird von der Psyche ausgelöst. Aber war das sein Problem? Nein. Ob Vater Teres oder nicht: Frau Jones würde selbst einen Weg finden müssen, wieder gesund zu werden.

Dass er sich vorgenommen hatte, ein bisschen mehr über die Laverrieres herauszufinden, geht an diesem Abend unter.

David erwägt stattdessen, nach Berlin zu fliegen. Findet aber bei EasyJet auf die Schnelle kein vernünftiges Angebot mehr. Und mit der Deutschen Bahn mag er nicht reisen. Zu groß das Risiko, dass er im tiefsten Winter irgendwo auf einem Bahnhof endet, von wo aus es nicht mehr weitergeht. Wird schon werden mit Weihnachten, denkt er sich und blickt nach draußen, wo vom Schneefall um die Mittagszeit gerade noch ein klitzekleiner Rest übriggeblieben ist.

Staub

«Noch einen Kleinen, Eddie.» David streckt den Whisky-Tumbler über den Holztisch seinem Freund hin.

Der Pöstler ist sich offensichtlich nicht sicher, welche Flasche David meint. Er zeigt auf den Lagavulin, dann auf den Port Charlotte und schaut den Coiffeur fragend an.

«Lagavulin, bitte!»

Es ist der Abend des 26. Dezember. Eddie hat Heiligabend und Weihnachten mit seiner Familie verbracht. David hat Trübsal geblasen und gehofft, Leonie würde wenigstens Zeit finden, mit ihm zu telefonieren. Was sie auch getan hat am Morgen des Weihnachtstages. Aber sie hielt sich sehr knapp, und das hatte ihn, statt ihn aufzubauen, nur noch mehr aus der Bahn geworfen.

Die neuerliche Einladung bei Eddie ist spontan entstanden. David hat sich am Nachmittag per Mail erkundigt, ob ihm Eddie ein paar Tipps zu Liegenschaften und Finanzen geben könnte. Und dabei gar nicht damit gerechnet, dass der andere eine halbe Stunde später zurückruft.

Sie haben sich beim Iren treffen wollen auf ein, zwei Guinness. Aber als sie sich vor drei Stunden dort einfanden, war der Laden bummsvoll. Boxing Day.

«Was heißt das eigentlich? Dass die alle boxen gehen?», hat Eddie gefragt.

«Nein. Ich glaub, das hat etwas mit Geschenkpäckli zu tun. Weißt du: eine Box.»

Unverrichteter Dinge haben sie etwas ratlos auf dem Picassoplatz gestanden. Bis Eddie eingefallen ist, dass er noch zwei satte Steaks im Kühlschrank hat.

Die haben sie gebraten, eine Flasche Wein geleert – einen Susumaniello aus Apulien –, ein paar Kartoffelkroketten hat's zum Fleisch gegeben und ein paar Bohnen aus der Tiefkühltruhe. Seit einer guten Stunde sprechen die beiden ehemaligen Schulkameraden nun dem Whisky zu. Eddie hat im Vergleich zu David nur eine bescheidene Auswahl, aber mit dem Port Charlotte und dem Lagavulin immerhin zwei von der Insel Islay und damit zwei, die ihm zusagen.

Ganz nüchtern sind die beiden nicht mehr. Beim Fondue vor eine Woche waren sie in der Küche sitzen geblieben. Eddie hatte gehofft, so den Käseduft lokal eindämmen zu können. Jetzt sitzen sie am großen Holztisch, haben immerhin das dreckige Geschirr abgeräumt, plaudern, binden sich gegenseitig Bären auf, bis sie auf einen alten Film zu sprechen kommen. Sie sind sich nicht einig, ob darin Hugh Grant die Hauptrolle spielte oder Colin Firth, und weil der Laptop in Griffweite steht, wirft Eddie das Ding an. Und weil im Leben manchmal das eine zum anderen führt – fast so, als gäbe es einen geheimen, größeren Plan –, ruft Eddie dann die Seite auf, mit der er den Hauseingang der Grellingerstraße 81 beobachten kann. Und weil es inzwischen 21.30 Uhr ist – oder vielmehr, weil es der Zufall so will, denn Roland Laverriere hält sich ja eben gerade nicht an einen festen Zeitplan –, sehen David und Eddie, wie der Mann, von dessen Vornamen sie immer noch nicht ganz sicher sind, ob er mit e am Schluss geschrieben wird oder nicht, das Haus verlässt.

Gut möglich, dass sie unter anderen Umständen nie auf die Idee gekommen wären, die sie jetzt – aus dem Moment heraus – entwickeln. Beide gleichzeitig. Eddie schaut David an. David schaut Eddie an. David fragt: «Du kennst den Code wirklich?»

«Ja. 349565.»

«Wollen wir mal einen Blick ins Haus werfen?»

«Bin dabei.»

Und so kommt es, dass sie noch ihre Whiskygläser leeren, die Tumbler nahezu im Einklang auf den Tisch stellen, sich dann dicke Pullover anziehen – David hat seinen über den Stuhl neben ihm gehängt, als es ihm beim Essen zu heiß geworden ist, Eddie geht ins Schlafzimmer und holt einen – und schließlich die warmen Schuhe.

Eddie löscht sämtliche Lichter in seiner Wohnung an der Angensteinerstraße. Nur eine Art Dauerbeleuchtung in der Küche brennt noch, als hinter ihnen die Tür ins Schloss fällt.

Es hat im Verlauf des Abends mal kurz geregnet. Die Straßen sind noch ein wenig nass, das letzte bisschen Laub liegt am Boden. Es ist kalt. Fünf Grad, mehr nicht.

Der kürzeste Weg ist nach vorne bis zur Engelgasse, dann etwa fünfzig Meter bis zur Einmündung in die Grellingerstraße. David bemerkt, dass im Haus der Hagenbachs in einem der oberen Zimmer Licht brennt. Frau Hagenbach oder Frau Pekovic oder beide scheinen noch wach zu sein. Er zeigt Eddie wortlos das hell erleuchtete Fenster.

«Beim jungen Laverriere ist auch Festbeleuchtung», sagt Eddie. «Was der wohl dort treibt? Kann mir den gar nicht mit einer Schar Gäste vorstellen.»

Ob dort so viele Lichter brannten? Darauf hat David nun wirklich nicht geachtet.

«Ergibt Sinn, der ist ja erst vor etwa zehn Minuten von seinem üblichen Botengang zurückgekommen.»

«Klar.»

Was David und Eddie unausgesprochen lassen: So können sie fast zu hundert Prozent sicher sein, dass Roland Laverriere keinen Grund mehr hat, noch einmal in die Grellingerstraße zu gehen.

Als sie sich der Nummer 81 nähern, werden sie zum ersten Mal vorsichtig. Bis jetzt – finden beide – war das eine super

Idee. Und der Alkohol hat bestimmt seine Rolle dabei gespielt, dass sie beide dieser Ansicht waren. Je näher sie dem Eingang zum Haus kommen, desto mehr Vernunft versucht sich wieder Platz zu schaffen. Aber wieder sagt keiner von beiden etwas. Wer will jetzt schon einen Rückzieher machen?

Aber beide werfen rasch einen Blick die Grellingerstraße hinab in Richtung Hardstraße. Und einen Blick die Grellingerstraße hinauf in Richtung Engelgasse. Kein Mensch ist unterwegs. Sie können in einem der Häuser gegenüber Gläser klingen hören, und ein etwas unbeholfenes Singen dringt auch nach draußen. Es klingt nach « For He's a Jolly Good Fellow », könnte aber auch eine andere Melodie sein.

Der Eingang zum Haus ist etwa sechs Meter von der Straße nach hinten versetzt. Es gibt kein Tor, das ihnen den Zugang zum Grundstück verwehrt. David lässt Eddie den Vortritt. Noch einmal wirft er einen Blick über seine Schulter. Niemand zu sehen.

Eddie nimmt die vier Stufen zur Tür, ohne zu zögern. Als wäre er hier daheim. David folgt ihm, etwas zaghafter. Eddie weiß genau, wo das Kästchen mit dem Tastenfeld ist. Er tippt die sechs Zahlen ein, und David findet das Pieps-Geräusch, das das kleine, schwarze Ding bei jeder Berührung macht, furchtbar laut.

Die Tür schwingt auf. Eddie betritt ohne Weiteres das Haus. David folgt ihm. Er hat sich bis zum letzten Moment überlegt, ob es gescheit sei, was sie da gerade machen. Die Frage hat ihm auf der Zunge gelegen. Er hat es bleiben lassen und somit findet auch er sich Sekunden später im Haus der Laverrieres.

Hinter ihnen geht die Tür automatisch wieder zu. Das Schloss schnappt ein.

In dem kleinen Entrée ist es dunkel.

« Hast du eine Taschenlampe dabei, Eddie? »

«Nein, du?»
«Nein.»
«Wir sind blöd», sagt Eddie. «Meinst du, es fällt auf, wenn wir Licht machen?»
«Würde ich nicht riskieren. Aber wir haben ja an unseren Handys eine Taschenlampe.»
David zückt sein Smarthone. Er hätte es laden sollen. Nur noch zwölf Prozent Akku. Aber im Dunkeln können sie unmöglich durch das Haus schleichen.
«Hier stinkt's», bemerkt Eddie.
«Grausam. Ich hab nur noch zwölf Prozent Akku.»
«Hättest laden sollen.»
«Das weiß ich auch. Wie sieht's bei dir aus?»
«85. Lass mich vorangehen, dann kannst du Energie sparen.»
Unmittelbar an das Entrée schließt eine Eingangshalle an, in deren Mitte eine elegante Holztreppe in den oberen Stock führt. Weder im Entrée noch in der Halle fällt ihnen Ungewöhnliches auf. Es hängen alte Bilder an den Wänden. Eddie hat sie zwar mit dem Handy-Licht nur kurz gestreift, aber er meint, historische Stiche von Basel zu erkennen.
Fünf Türen münden in die Halle. Zwei direkt geradeaus, je eine zur Linken und eine zur Rechten. Und eine, die sie erst sehen, als sie sich umdrehen, auf der linken Seite in ihrem Rücken. Sämtliche Türen sind geschlossen. Sie sind fast alle im unteren Drittel beschädigt. Weisen zersplitterte Löcher auf oder hatten einmal Löcher, die behelfsmäßig geflickt wurden. Bis auf die Tür geradeaus rechts ist vor alle Türen ein Gitter genagelt worden. Diese Tür ist auch nicht aus Holz. Wenn David sich nicht täuscht – Eddie ist leider mit seinem Licht zu schnell darüber hinweggestrichen –, ist sie aus Metall.

Eddie sieht David an. «Was ist das? Ein Gefängnis? Hier stimmt etwas nicht, David.»

«Sehe ich auch so. Lass uns mal nach oben gehen. Bin gespannt, wie es dort aussieht.»

Eddie zögert. «Wollen wir uns nicht zuerst anschauen, was hinter der Tür ohne Gitter ist?»

«Nein, lieber zuerst einen Blick in den oberen Stock werfen. Mal sehen, ob dort auch alles verrammelt wurde.»

Eddie ist einverstanden. David hat zwar sein Handy in der Hand, aber noch immer verzichtet er darauf, die Taschenlampe zu aktivieren. Obwohl die Treppe breit genug wäre, um nebeneinander zu gehen, zieht David es vor, sich hinter Eddie zu halten. So sieht er besser, wo es langgeht.

Die Treppe ist schmutzig. Und staubig. Hier wurde seit Jahren nicht mehr gereinigt. Im Haus ist es totenstill. Je näher sie der oberen Etage kommen, desto mehr verliert sich der Gestank. Wenn David sich nicht täuscht, ist sogar ein Luftzug zu spüren. Das würde auch erklären, weshalb es in dem Haus so kalt ist. Stehen irgendwo Fenster offen?

Beidseits der Treppe verläuft eine etwa zwei Meter breite Galerie, von der sechs Türen abgehen. Keine davon ist mit einem der Gitter versehen. Zwei stehen offen. Sie gehen systematisch vor und fangen mit der ersten Tür ganz links an. Sie führt in ein großzügiges Zimmer. Es ist vollständig eingerichtet. Auf dem Doppelbett liegt eine Matratze, allerdings ohne Bezug. Decken oder Kissen sind nirgends zu sehen. Der Raum hat zwei Fenster. Das zur Grellingerstraße hin ist geschlossen. Obwohl auch hier jahrealter Staub liegt, sind die Scheiben erstaunlich sauber. Vermutlich werden sie regelmäßig geputzt, damit Beobachter auf der Straße nicht blinde Fenster sehen und sich Fragen stellen.

Das Fenster zur Seite hin steht tatsächlich einen Spaltbreit offen. Und zwar in einer fixen Position, sodass ständig frische

Luft ins Haus gelangt. Auch hier hängen Bilder an den Wänden wie in der Eingangshalle. In der Ecke steht ein alter Ohrensessel samt Schemel. Eine Tür, nicht verschlossen, führt in ein angrenzendes Badezimmer mit Dusche und WC. Der Boden besteht aus braunen Steinplatten, die Spiegel sind dreckig, in der Badewanne liegt irgendwelches Gerümpel.

Das zweite Zimmer, das sie sich anschauen, geht auf die Rückseite des Hauses hinaus. Während es im ersten dank der Straßenbeleuchtung knapp hell genug war, sodass David sich auch ohne Eddies Handylampe zurechtgefunden hätte, ist es in diesem etwa dreißig Quadratmeter großen Raum stockdunkel. Das war offensichtlich kein Schlafgemach, denn es findet sich kein WC oder Bad. Wenn der Raum früher als Gästezimmer genutzt wurde, müsste es wohl ein Etagen-WC geben. Aber das haben sie noch nicht entdeckt.

Der Raum ist leer. An der einen Wand lehnen mehrere Metallgitter. Etwa anderthalb auf zwei Meter groß. Es ist genau die Machart der Gitter, die sie im Parterre schon gesehen haben. Eddie stößt mit dem Fuß an einen harten Gegenstand, dass es nur so scheppert.

«Psst. Pass doch auf!», zischt David.

«Kann ich etwas dafür!», flucht Eddie. «Bin bloß froh, dass ich gute Schuhe trage.» Er richtet den Lichtpegel auf den Boden. Eine Werkzeugkiste aus Metall war es, die ihm im Weg gestanden hat. Die eine Hälfte ist aufgeklappt. Sie sehen einen Hammer, eine dicke Zange, mehrere Schraubenzieher und vor allem eine Packung richtig fetter Schrauben.

Eddie leuchtet den Boden nun weiter aus. Sie entdecken einen Akkuschrauber und eine kleine Kreissäge. «Vermutlich mit einem Blatt drin, das Metall durchtrennt», flüstert Eddie. Zwar gehen beide davon aus, dass sie allein im Haus sind, trotzdem trauen sie sich nicht, laut miteinander zu reden.

Was sie auch noch finden: einen eingesteckten Akkulader gleich neben der Tür. Aber es steckt keine Batterie darin, die geladen werden müsste.

Der alte Holzboden ist in diesem Zimmer etwas sauberer als im ersten, das sie sich angesehen haben. In einer Ecke steht denn auch ein Besen, allerdings falsch herum, mit den Borsten auf dem Boden, sodass sie flach gedrückt werden. Anfängerfehler.

Eddie leuchtet David ins Gesicht: «Checkst du das? Hast du eine Ahnung, was hier abgeht?»

«Nicht wirklich. Aber offensichtlich ist da unten irgendjemand eingesperrt. Und hier steht das Zeug rum, um noch weitere Türen zu verriegeln. Wo hast du mich da nur reingeritten, Eddie? Müssten wir nicht so schnell wie möglich wieder hier raus?»

«Machen wir. Aber ich will mir noch schnell die restlichen Zimmer anschauen, wenn ich schon mal hier bin. Du siehst schon, wie feudal das alles ist? Die Stuckatur an den Decken, die Eichenholzböden mit Fischgrätmuster, all die Details. Und dann dieses Badezimmer. Das ist wohl nicht einmal das des Hausherrn, wenn ich mich nicht täusche.»

«Echt jetzt? Du siehst das alles durch die Brille des Immobilienmaklers?»

«Ja, klar. In erster Linie schon.»

«Ich fass es nicht, Eddie. Spürst du denn nicht, dass in diesem Haus etwas nicht stimmt?»

«Das ist ja das, was ich immer schon gesagt habe. Dass hier etwas nicht stimmt, ist schon klar. Überrascht mich nicht. Aber ...»

Sie werden von einem merkwürdigen Pfeifen unterbrochen. Beide erschrecken. Zucken zusammen. Das Geräusch ist hochfrequent, fast wie ein Wasserkocher, nur nicht so anhaltend. Sondern kurz, aber dafür drei oder vier Mal hintereinander. Dann herrscht wieder Totenstille im Haus.

«Was zum Teufel?», entfährt es Eddie.

«Das ist doch verrückt, Eddie.»

«Also, komm, machen wir Schnelldurchgang. Einverstanden?»

David zögert. Er würde am liebsten einfach zurück an die Angensteinerstraße – oder direkt heim. Aber er will auch kein Hasenfuß sein. Und was auch immer der Grund ist für die verriegelten Türen und dieses Pfeifen: Hier im oberen Stock sind sie ganz offensichtlich sicher. Keine abgesperrten Türen. Nur Schmutz und Staub.

Also ziehen sie los. Sie gehen zurück auf den Flur und öffnen die nächste Tür. Sie gibt den Blick in einen engen Raum frei, in dem eine schmale, einfache Treppe mit abgewetztem Holz fast schon gefährlich steil nach oben führt.

«Das war wohl der Zugang zu den Dienstbotenzimmern unter dem Dach», vermutet David. Eddie nickt. «Gehen wir nach oben?» Eddie schüttelt den Kopf. Unnötig. David soll es recht sein.

Nächste Tür. Dahinter verbirgt sich ein luxuriöses Badezimmer samt freistehender Badewanne mit Klauenfüßen, großzügiger Duschkabine, zwei Waschbecken, einer Spiegelwand und Armaturen aus Silber. Das Beste vom Besten. An der Wand rechts führt eine weitere Tür ins Schlafzimmer des Hausherrn oder der Dame des Hauses. Aber auch in diesem Bett hat seit Jahren niemand mehr geschlafen. Auch diese Matratze ist nicht bezogen, die Leintücher liegen zu einem fast perfekten Quadrat gefaltet am Fußende. Die Kissen hat jemand achtlos auf den Boden geworfen. Eines der Kissen hat einen großen, dunklen Fleck. Und als Eddie die gefalteten Leintücher ein wenig zur Seite zieht, kommt auch darunter ein großer Fleck zum Vorschein.

David nutzt jetzt zum ersten Mal sein eigenes Telefon als Taschenlampe. Er sieht sich die Bilder an den Wänden an. Eines muss wohl das Hochzeitsfoto der Laverrieres sein. Es zeigt das Paar in festlichen Kleidern, sie mit einem Blumenstrauß in den Händen. Beide lächeln.

Catherine Laverriere war eine hübsche, junge Frau. Schlank, Kurzhaarfrisur, dunkle Haare, schön geschnitten. Ihr Mann, Reinhold, hatte für diesen Festtag alles darangesetzt, seine Lockenpracht zu bändigen. Trotzdem wirkt er auf dem Foto etwas verstrubbelt. Er ist fast einen Kopf größer als Catherine, trägt eine randlose Nickelbrille, und sein Lächeln ist ein bisschen aufgesetzt.

Ein anderes Foto zeigt eine Farm, die nach Neu-England aussieht. Oder Kanada. Ein großes weißgetünchtes, geschindeltes Holzhaus und daneben eine gewaltige Scheune, die aber nicht mehr ganz im Lot ist. Das Haus dagegen wirkt sehr gepflegt. Das Foto ist schwarzweiß. Trotzdem lässt sich erahnen, dass es im Herbst, im Indian Summer, geschossen wurde. In der Auffahrt neben dem Haus steht ein Pick-up. David ist kein Autofan. Aber dieses Modell sieht eher nach den 50er-Jahren als den 70er-Jahren aus.

Über dem Bett hängt ein Gemälde. Querformat. Es zeigt ein engumschlungenes, halbnacktes Liebespaar. Der Stil erinnert etwas an Klimt. Vor allem dieser gelb-orange Grundton ruft bei ihm diese Assoziation hervor. Ist aber ganz sicher keiner. David, der ja selbst auch malt, wenn er Lust, Muße, Zeit und gute Laune hat, ist mäßig beeindruckt. Ein Maler, der durchaus über handwerkliche Fähigkeiten verfügt, der ganz offensichtlich auch daran war, seinen eigenen Stil zu entwickeln, der aber Mühe mit den Proportionen hatte. Der Abstand von Kopf zu Schulter stimmt beispielsweise. Die Arme hingegen sind zu kurz, die Oberschenkel zu dick. Der Gesichtsausdruck des Mannes ist zudem recht merkwürdig geraten.

«Was ist jetzt?», raunt Eddie. «Ich dachte, wir wollen so schnell wie möglich wieder hier raus? Und jetzt machst du plötzlich auf Kunstbetrachtung?»

«Ich komm ja schon.»

David schaltet sein Handy-Licht wieder aus. Scheiße, nur noch zehn Prozent. Er muss wirklich sparsam mit dem Ding umgehen.

Sie sehen sich das letzte Zimmer an. Auch dieses ist großzügig geschnitten. Ein Eckzimmer. Wieder mit einem großen Fenster hinaus auf die Grellingerstraße. Wieder mit halbwegs sauberen Scheiben, und zwar auch beim Fenster in Richtung des Nebenhauses, das gekippt ist. Deshalb also der Durchzug. Das Badezimmer ist viel bescheidener hier. Kein Bett mehr in dem Raum. Dafür ein Lattenrost, der an der einen Längswand lehnt. Neunzig Zentimeter breit. Also kein Doppelbett.

Eddie beleuchtet den Raum nur kurz. David sieht Poster an den Wänden, die ihm alle vertraut sind. U2, Bon Jovi, Depeche Mode. Für ihn ist klar: Hier war der Junior der Laverrieres untergebracht.

In den letzten beiden Zimmern, das fällt ihm erst auf, als er neben Eddie draußen im Flur steht, war es wieder staubig.

Als sie auf dem Weg zurück ins Erdgeschoss sind, hören sie zum zweiten Mal dieses laute Pfeifen oder Fiepsen. Und zudem ist noch ein Scheppern zu hören. Als ob jemand in der Küche an eine Schüssel oder einen Topfdeckel gestoßen wäre.

Sie bleiben stehen. Eddie leuchtet David wieder an.

«Hey. Hör doch mal auf, mich zu blenden.»

«Sorry. Ich mach das nicht mit Absicht. Was war das?»

«Keine Ahnung. Aber ich bin mir fast sicher, dass wir in diesem Haus nicht allein sind.»

Eddie sagt nichts. Geht dann aber – vorsichtiger nun – weiter nach unten. David folgt ihm. Eigentlich hat er erwartet, dass Eddie ihm Antwort gibt. Seine These bestätigt. Oder aber sagt: Du bildest dir nur was ein. Doch da kommt nichts.

Eddie bleibt auf der zweitletzten Treppenstufe unvermittelt stehen. David hört, wie er tief Luft holt.

«Wir sind nicht allein, David. Leider. Die Frage ist bloß, ob wir wissen wollen, wer sonst noch da ist.»

Futter

Sie sind schon auf dem Weg zum Ausgang, als David doch noch der Hafer sticht.

«Eddie. Etwas will ich doch noch wissen, selbst wenn du mich jetzt doof findest: Was ist hinter der einzigen nicht verriegelten Tür hier im Parterre? Wollen wir uns das nicht ansehen?»

Eddie braucht einen Moment, bevor er reagiert. Dann biegt er wortlos am Fuß der Treppe um die Ecke und bewegt sich auf die Tür zu. David staunt, sagt nichts, folgt ihm. Es ist immer noch Eddie, der mit seinem Handy ein bisschen Licht ins Dunkel bringt.

Die Tür ist nicht aus Metall, wie es zuerst den Anschein hatte. Sie ist aus Glas. Ein dickes Milchglas. Sie ist nicht verschlossen, die Klinke lässt sich ohne Widerstand nach unten drücken.

Sie finden sich in einer geräumigen Küche wieder, in der aber fast alles fehlt, was man in einer Küche erwartet. Kein Messerblock, kein Toaster, keine Kaffeemaschine, kein Behälter mit Kochlöffeln oder dergleichen. Nichts. Sie ist nahezu leer. Und doch haben sie nicht den Eindruck, als sei dieser Raum seit Langem ungenutzt. Denn auf dem Küchentisch, der mitten im Raum steht, sehen sie Schüsseln verschiedener Größe aus Aluminium, und in einem der beiden Waschtröge finden sie zwei nicht besonders sauber ausgespülte weitere Behälter, einer ebenfalls aus Metall, der andere aus Keramik mit einigen abgebrochenen Stellen. Sie sehen aus wie Fressnäpfe für einen Hund oder eine Katze.

Eddie öffnet einen der Küchenschränke. Leer. Der zweite: ebenfalls leer. Im dritten aber befinden sich zwei große Säcke voll mit Nüssen und grobgemahlenem Mais. David geht in die Hocke, und fast rutscht ihm dabei sein Smartphone aus den Jeans. Er legt es auf die Küchenkombination und schaut sich die beiden Schränke auf Bodenhöhe etwas genauer an. Er nimmt sein Handy und leuchtet in den Schrank links. Dort sieht er Putzmaterial der einfachen Sorte: zwei Sorten Geschirrspülmittel, eine Kehrichtschaufel, alte schmutzige Lappen. Er will gerade in den zweiten Schrank leuchten, da ist wieder das Pfeifen zu hören.

Eddie und er erschrecken. David verliert für einen Moment das Gleichgewicht, weil er meint, es habe sich etwas dort in dem Schrank versteckt. Er kippt nach hinten, kann sich aber gerade noch abstützen, bevor er hinfällt. In dem Schrank ist nichts. Doch der fiese Ton ist nun viel lauter, und zudem hören sie ein kratzendes Geräusch: Da bewegt sich etwas. Und es bewegt sich eindeutig auf sie zu.

Sie schauen sich um. Die tapsenden Schritte – sind es Schritte? – kommen näher. Eddie leuchtet den Raum, so gut es mit dem Handy-Licht geht, aus. Außer der Glastür gibt es noch eine zweite. Sie ist aus Holz. Und sie ist nicht mit einem der Metallgitter verriegelt, wie es sonst hier im Parterre des Hauses üblich ist. Es ist eine ganz simple Tür. Eigentlich nur ein paar behelfsmäßig aneinandergefügte Bretter. Kein Zweifel: Das ist nicht die Tür, die immer schon hier war. Jemand hat in aller Eile und ohne große Sorgfalt einen Ersatz gebastelt.

Dieser Ersatz ist aber auch schon beschädigt. In der linken unteren Ecke fehlt ein etwa fünf Zentimeter hohes und etwa dreißig Zentimeter breites Stück. Es wurde nicht herausgebrochen oder herausgesägt. Es sieht so aus, als sei die Tür da mit scharfen Krallen oder scharfen Zähnen von unten her bearbeitet worden.

«David! Schau!» Eddie flüstert nun nicht mehr. Er schreit schon fast.

Dort unter der Tür ist ein Schatten sichtbar. Geräusche wie von Krallen, die auf den Steinplatten des Fußbodens keinen Halt finden, dringen zu ihnen. Dann ein Kratzen an der Tür. Es klingt so, als splittere bei jeder Bewegung ein bisschen Holz ab. Und was immer sich hinter der Tür befindet, scheint sich zu erheben, denn nun kratzt es auf Höhe der Türklinke. David sieht, dass diese sich leicht bewegt.

Eddie und er sind wie gelähmt. Aber die Klinke wird nicht ganz heruntergedrückt. Die Tür bleibt geschlossen.

«Raus hier!», flüstert Eddie.

Sie rennen zur Glastür, öffnen sie, werfen sie hinter sich gleich wieder ins Schloss. Und dann ab durch die Eingangshalle und das Entrée zur Haustür, die sich ohne Weiteres öffnen lässt, und raus ins Freie.

Sie stehen im Regen. Sie atmen durch und werfen noch einmal einen Blick auf das Haus. Halb in Erwartung, dass die Haustür sich öffnen und ihnen jemand hinterherrennen könnte. Sie verlassen das Grundstück und machen auf dem Trottoir vorne Halt.

«Scheiße, David, was war das?»

«Ich habe keine Ahnung, Eddie.»

«Aber wir haben keine Halluzinationen, oder?»

«Ich weiß nicht, was es war, Eddie, aber ja: Da hat etwas an dieser verdammten Tür gekratzt. Etwas Großes.»

«Ich hab's immer gewusst. Mit dem Haus stimmt etwas nicht. Das steht nicht einfach so leer.»

Sie müssen sich fassen. Ihr Puls ist noch auf 180. David ist versucht, sich einen Moment auf die Steinmauer an der Ecke zum Nachbarhaus zu setzen. Aber sie ist nass, und zudem kriegt er sich allmählich wieder unter Kontrolle.

Eddie schlägt vor, in seiner Wohnung das weitere Vorgehen zu besprechen. Das findet David eine gute Idee. Es hat keinen Sinn, länger als unbedingt nötig vor dem Haus stehen zu bleiben.

Sie schlagen den Weg ein, den sie gekommen sind, und erreichen kurz darauf die Engelgasse. Das Haus von Roland Laverriere ist in Sichtweite. Dort brennt Licht. Es ist jetzt kurz nach 22 Uhr. Ein Handy klingelt. Eddie und David schauen sich kurz an. Wessen Handy? Eddie zupft seines aus der Innentasche seiner Regenjacke. Das Display leuchtet.

David sieht das im Augenwinkel, achtet aber nicht darauf. Ihn irritiert, dass er sein Telefon nicht findet.

Eddie beantwortet den Anruf nicht. Brummelt etwas in sich hinein, das wie «kann warten» klingt, und lässt das Handy wieder in die Jackentasche rutschen.

David rührt sich nicht. Was Eddie zuerst gar nicht auffällt. Erst als der Coiffeur seinen Körper hektisch von oben nach unten abklopft, wird er stutzig.

«Was ist?»

«Ich finde mein Handy nicht!»

«Bist du sicher?»

«Ja, verdammt!» Wieder fängt er an, sich von oben bis unten abzutasten. Umsonst.

«Wann hast du es zuletzt in der Hand gehabt?»

David denkt nach. Es muss in der Küche gewesen sein. Ihm fällt ein, wie er die beiden unteren Schrankfächer untersuchen wollte. Wie ihm das Telefon fast aus der Hosentasche gerutscht ist und wie er es dann auf die Küchenkombination gelegt hat. Aha! Aber wie hat er anschließend sehen können, was dort alles an Putzmitteln und Lappen drin war? Doch nur, wenn er in die Fächer hineingeleuchtet hat? Und was geschah danach? Eddie schaut ihn fragend an, während er die Szene in seinem Kopf noch einmal durchspielt.

Das Fiepsen. Das Kratzen. Wie sie beide erschraken. Wie er fast umgekippt wäre, wie er sich gerade noch hat abstützen können.

«Ich weiß, wo mein Handy ist, Eddie.»

«Im Haus?»

«Ja. Auf dem Küchenboden.»

«Scheiße.»

«Was machen wir?»

«Holen.»

«Wirklich?»

«Was sonst? Spätestens morgen geht Laverriere wieder rüber und bringt dem Biest da im Elternhaus neues Futter. Dein Handy am Boden wird er bestimmt sehen. Garantiert.»

«Aber ich hatte nur noch wenig Akku. Bis morgen ist es tot. Er kann nicht herausfinden, wem es gehört.»

«Glaubst du das wirklich, David? Dann bist du technisch noch unbegabter, als ich geglaubt habe. Das ist nun wirklich keine Kunst. Egal ob iPhone oder Android. Du lädst das Ding wieder auf – zur Not besorgst du dir halt das passende Ladekabel ...»

«Aber es ist doch gesperrt.»

«Ja, logo.»

«Also findest du doch nicht raus, wem es gehört.»

«Alles eine Frage der Geduld: Du wartest, bis jemand auf das Handy anruft. Dann notierst du dir die Nummer, die auf dem Display erscheint, und rufst mit einem anderen Telefon zurück. Du sagst, du habest auf der Straße oder im Tram oder sonst wo dieses Handy gefunden und würdest es gern dem Besitzer oder der Besitzerin zurückgeben. Sehr höflich, sehr vertrauenswürdig. Ich garantiere dir: Innerhalb von 24 Stunden hast du herausgefunden, wem das Ding gehört.»

«Aber eigentlich würdest du es doch bei der Polizei abgeben, oder nicht?»

«Haha. David. Alter. Du findest in deinem Haus, in dem du irgendwas seit Jahren versteckt hältst, ein Handy und gehst damit zur Polizei? Du bist gut. Und selbst wenn: Die Polizei kriegt sowieso raus, wem es gehört. Erst recht, wenn sie wegen Einbruchs ermittelt.»

«Scheiße.»

«Ja, wirklich. Es führt kein Weg daran vorbei: Wir müssen es holen.»

Eddie hat recht. David weiß, dass er recht hat. Aber er würde lieber nackt über den Aeschenplatz rennen oder zwei Portionen Tintenfisch essen oder sonst etwas in der Art, als in dieses beschissene Haus zurückzukehren. Und vor allem ist ihm auch klar, wer da noch einmal rein muss. Nicht Eddie. Der hat ja dort nichts verloren. Sondern er. David Friedrich. David Trottel Friedrich.

Es hilft nichts. Sie kehren um und stehen drei Minuten später wieder vor der Grellingerstraße 81. Es regnet noch immer. Das Gläserklingen von gegenüber ist nicht mehr zu hören. Niemand singt «For He's a Jolly Good Fellow». Es fährt kein Auto durch die Grellingerstraße, nur weiter vorne ist das 14er-Tram zu hören. Und sie sehen hinter mindestens drei Fenstern das bläuliche Licht von TV-Geräten.

«Kommst du mit rein?», fragt David. Kann sich aber ausmalen, was die Antwort sein wird, und ahnt richtig.

«Nein, lieber nicht. Ich halte hier draußen Wache. Ist ja keine große Sache, David. Du gehst schnurstracks in die Küche, holst dein Handy und bist in zwei Minuten wieder zurück. Okay?»

«Hmm. Und wie lautet nochmal die Zahlenkombination für die Haustür?»

«349565.»

David reißt sich zusammen. Eddie bleibt beim Trottoir stehen. Er sieht noch, wie der Coiffeur in der Tür verschwindet. Er tritt ein wenig näher an das Haus heran, für den Fall, dass David um Hilfe ruft und er doch – gegen alle Vernunft – auch noch einmal rein muss.

Das ist der Moment, in dem er dieses rote Licht drei Mal hinter den Fenstern aufblitzen sieht, das ihm schon bei der Fernbeobachtung des Hauses mehrfach aufgefallen ist. Eddie ist sofort klar: Ab jetzt läuft alles schief. Wären sie doch nie in dieses Haus eingedrungen.

Eingesperrt

Woran weder Eddie noch David in der Eile gedacht haben: Ohne Handy hat David auch kein Licht. Immerhin: Im Entrée ist es nicht stockdunkel, denn durch ein (schmutziges) Fenster oberhalb der Haustür schimmert die Straßenbeleuchtung durch. Zudem hilft es, dass er das Haus bereits erkundet hat. Er weiß, dass hier keine Möbel im Weg stehen. Etwas kniffliger wird es in der Halle, dort ist kaum noch etwas zu erkennen. David hält sich eher links und hat beide Arme ausgestreckt, damit er die Wand oder andere Hindernisse rechtzeitig erkennt. Er will ja nicht über die Treppe, von der er weiß, dass sie zentral im Raum nach oben führt, stolpern.

Wieder steigt ihm der Gestank in die Nase. Er weiß jetzt auch, woran er ihn erinnert. An eine Zoohandlung. Oder früher, im Zolli, das Raubtiergehege.

Die zwei Stufen zwischen Entrée und Halle hat er vergessen. Fast fällt er hin, kann sich gerade noch fangen und unterdrückt einen Fluch. Je weiter er vordringt, desto dunkler wird es. Bis er, und da schnauft er auf, merkt, welchen Vorteil das Milchglas hat. Es ist nicht viel Licht von draußen, das über die Küche durch diese Tür dringt, aber es hilft ihm, sich zu orientieren.

Er findet die Klinke, öffnet die Tür, bleibt kurz stehen, bevor er den nächsten Schritt macht. Dann hört er das Pfeifen. Es ist nicht mehr so nah wie vorhin. Aber es ist unverkennbar. Und er hat keine Zweifel mehr, dass das die Laute eines Tieres sind.

Er hat wenig Zeit zum Überlegen – und hat es sich beim ersten Mal auch nicht wirklich durch den Kopf gehen lassen –, aber das Geräusch passt nicht zu einem wilden Raubtier. Eher noch zu einem Hund. Aber würde der nicht bellen? Oder sind es gar mehrere Tiere, die hier gefangen gehalten werden?

Zeit, sich noch mehr Gedanken zu machen, bleibt ihm nicht, weil genau in dem Moment drei Mal kurz hintereinander ein rotes Licht – wie ein Warnlicht oder ein Signal – aufleuchtet. Es kommt von einer Vorrichtung oberhalb der Milchglastür. Das Licht ist verbunden mit einem grellen Pfeifton, der mit so hoher Frequenz gesendet wird, dass es ihm in den Ohren pfeift.

Aus dem Augenwinkel hat er gerade noch ausmachen können, woher das Licht kam. Aber er steht bereits drei, vier Schritte in der Küche und hat keine Chance mehr zu reagieren, als er das metallische Klacken hört, das ebenfalls von der Tür kommt. Genauer gesagt: vom Türschloss. Er versucht sofort, die Tür wieder zu öffnen. Doch jetzt ist sie verriegelt.

David probiert es zwei, drei Mal. Ohne Erfolg. Er kriegt die verfluchte Tür nicht mehr auf. Und er hört nun wieder das Tapsen, das er schon kennt.

Jetzt gilt es, keine Zeit zu verlieren. Er muss sofort sein Handy finden. Ob es das kurze Aufflackern des Rotlichts war oder sein Erinnerungsvermögen, das ihn wieder wissen lässt, wie der Raum aufgeteilt ist: Ohne sich zu stoßen oder über etwas zu stolpern, findet er das Smartphone am Boden. Genau dort, wo er es vermutet hat.

Er bückt sich, packt es, versucht möglichst schnell, die Taschenlampe zu aktivieren, scheitert aber in seiner Aufregung, da er eine falsche Tastenkombination tippt. Zwischen Ärger und Angst bemüht er sich, sich zu konzentrieren und das Zittern seiner Finger zu kontrollieren.

Die kratzenden Schritte kommen immer näher. Er springt zurück zur Glastür, drückt die Klinke erneut, weil es der einfachste Ausweg wäre. Doch keine Chance. Er sucht ein Schloss, einen Schlüssel, irgendeinen Mechanismus, findet nichts. Gibt es nicht einen Knopf, der die Verriegelung löst? Er kann sich selbst vor Aufregung keuchen hören.

Das Geräusch kommt noch näher. Das Schleifen von Krallen auf Holz.

Es gelingt ihm, die Taschenlampe zu aktivieren. In heller Aufregung leuchtet er den Raum aus. Er sucht irgendeinen Gegenstand, um zur Not die Tür einzuschlagen. Es muss doch irgendetwas herumstehen, das er verwenden kann. Erst als er in der Ecke anlangt, wo sich die andere Tür befindet, fällt ihm auf, dass diese nicht mehr geschlossen ist. Er reißt eine der Schranktüren unmittelbar vor sich auf – ein reiner Impuls. Raus kommt er hier nicht, aber er muss sich in Sicherheit bringen. Ihm ist klar: Das, was hier gefangen gehalten wird, kommt jeden Moment in die Küche.

Und dann klingelt sein Telefon.

Securitas

Eddie ist sofort klar, dass dieses dreimalige Blinken des Rotlichts nichts Gutes verheißt. Was er allerdings nicht sofort weiß: Wie soll er reagieren? Soll er David zu Hilfe eilen? Ist im Haus irgendetwas passiert, das David in Gefahr bringt? Oder ist es am Ende gescheiter, den Posten zu halten?

Er zögert. Wahrscheinlich einen Moment zu lang, denn gerade als er zur Eingangstür rennt, nun entschlossen, seinem Freund zu helfen, hört er, wie sich ein Auto nähert. Und zwar, wenn ihn sein Eindruck nicht täuscht, deutlich schneller als mit den auf den Basler Quartierstraßen zulässigen dreißig Stundenkilometern.

Das verunsichert ihn. Er bleibt stehen. Etwa drei Meter von der Tür entfernt. Die Lichtkegel des Autos erfassen ihn. Er rührt sich nicht. Es ist ein Kleinwagen, ein Smart, in den Farben Blau und Weiß. Darauf steht seitlich gut lesbar «Securitas» geschrieben. Die Fahrertür öffnet sich. Ein Mann in einer dunkelblauen Uniform steigt aus. Ein älterer Herr mit Bauchansatz und grauweißem Bart.

«Halt! Was machen Sie da?»

Eddie ist verdattert. Was soll er denn sagen? Ich muss in dieses Haus rein, mein Freund braucht Hilfe? Oder: Ich bin vom Weg abgekommen? Oder: Ah, das ist ja gar nicht die Hausnummer 85? Er sagt gar nichts.

«Das ist ein Privatgrundstück. Sie haben keine Berechtigung, sich hier aufzuhalten.»

Eddie könnte jetzt frech behaupten, er sei ein Laverriere und wolle seinen Cousin besuchen, oder seinen Onkel. Er erwägt das, schätzt aber die Chance, dass er mit dieser Behauptung durchkäme, gleich null ein.

«Zeigen Sie mir mal Ihren Ausweis, bitte!», verlangt der Securitas-Wächter nun.

Das ist jetzt allerdings so dreist, dass Eddie wieder Worte findet: «Tschuldigung, ich hab mir nur anschauen wollen, wer hier wohnt. Und Sie sind ganz sicher nicht berechtigt, von mir einen Ausweis zu verlangen.»

«Ich vielleicht nicht. Aber die Polizei. Soll ich sie alarmieren oder ist das nicht nötig?»

Eddie hat sich wieder gefangen. Die Anmaßung des Mannes hat ihn wieder Tritt fassen lassen: «Sagen Sie mir doch, wer hier wohnt, dann brauch ich mir das Namensschild am Briefkasten gar nicht erst anzusehen.»

«Sie verschwinden jetzt hier! Sie befinden sich – und darüber brauchen wir gar nicht zu diskutieren – auf privatem Grund. Wenn Sie unbedingt wissen wollen, wer hier wohnt, gibt es andere Möglichkeiten, das herauszufinden. Eines jedenfalls kann ich Ihnen verraten: Auf dem Briefkasten steht kein Name. Nur zwei Buchstaben.»

«Aha. Und die wären?»

«Ziehen Sie Leine, Mann, oder ich alarmiere wirklich die Polizei.»

Eddie könnte es jetzt darauf ankommen lassen. So wie er die Situation einschätzt, liegt kein gröberes Vergehen vor. Wenn der Securitas-Mann über Funk tatsächlich die wirklich befugten Fast-Kollegen herbeizitieren wollte, müsste er ja einen handfesten Grund angeben. Einbruchsversuch? Wie wäre das zu beweisen? Ruhestörung oder Vandalismus? Weder für das eine noch das andere gibt es auch nur den geringsten Nachweis.

Eddie lässt es nicht darauf ankommen. Dafür sprechen zwei gute Gründe: Er ist sich zum einen ziemlich sicher – oder hofft es zumindest –, dass David mittlerweile sein Handy wiedergefunden hat. Im Idealfall hört David auch, was er hier mit dem Wachmann bespricht. Und Eddie vermutet, dass der Mann Instruktionen hat, ins Haus zu gehen und schnell nach dem Rechten zu sehen. Dann wird David die Zeit, die Eddie hier mit der kurzen Diskussion herausgeschunden hat, auf jeden Fall dienlich sein.

Der zweite Grund: Selbstschutz. Er kennt diesen Menschen nicht, hat ihn noch nie gesehen. Der ist nicht im Quartier daheim. So kann er auch unmöglich wissen, dass Eddie der Pöstler ist und selbstverständlich weiß, wer in der Grellingerstraße 81 wohnt. Dass das alles nur eine Ausrede ist und man Eddie schon ein bisschen mehr auf den Zahn fühlen sollte. Sollte es dem grundsätzlich netten, älteren Herrn, der bestimmt schon viele Jahre für den privaten Sicherheitsdienst arbeitet, gelingen, die Polizei vor Ort zu holen, würde man ihn schnell erkennen. Oder innerhalb kürzester Zeit herausfinden, welchen Beruf er hat. Das muss er verhindern.

Also nickt er scheinbar einsichtig, zuckt geschlagen mit den Schultern und geht unverrichteter Dinge in Richtung Straße davon. Der Securitas-Mann muss ein bisschen ausweichen, damit Eddie an ihm vorbeigehen kann. Er versucht zwar, einen strengen Blick aufzusetzen, was ihm aber nur ansatzmäßig gelingt. Eddie wird den Eindruck nicht los, es wäre dem Gegenüber auch lieber, wenn das alles möglichst rasch und konfliktfrei vorüberginge.

Er zottelt davon. Der Mann behält ihn im Auge. Eddie könnte es darauf ankommen lassen. Soll er auf der Allmend, also auf dem Trottoir der Grellingerstraße, demonstrativ im Regen stehen bleiben und beobachten, was nun geschieht? Ob der Wachmann einfach wieder in den Smart steigt und davonfährt oder ob er einen Kontrollgang durchs Haus macht?

Eddie verzieht sich. Und zwar genau so weit, bis der Mann ihn nicht mehr sehen kann. Beziehungsweise sogar noch ein paar Meter weiter, denn seine Schritte dürften in der Stille der Nacht relativ gut zu hören sein.

An der Ecke Grellingerstraße und Engelgasse macht er Halt. Er sieht, dass ihm der Mann nicht gefolgt ist. Er kann hören, ohne den geringsten Zweifel, dass der Mann nicht wieder in den Smart gestiegen und davongefahren ist. Das wäre die Idealvorstellung gewesen, dann wäre er sofort zurückgegangen und David zu Hilfe geeilt.

Er wählt dessen Nummer. Es klingelt genau zwei Mal, dann nimmt der Coiffeur ab.

«Eddie, ich kann jetzt nicht reden. Ich brauche Hilfe.»

Dann legt er direkt wieder auf.

Er hat verängstigt geklungen. Fast schon panisch. Aber die paar Worte waren klar und deutlich. Und was auch immer in dem Haus in der Zwischenzeit passiert ist: David hat sein Handy gefunden und geht offensichtlich davon aus, dass er innerhalb kurzer Zeit Gelegenheit haben wird, mit Eddie das weitere Vorgehen zu besprechen.

Good news oder bad news? Eddie weiß es nicht. Die Panik in der Stimme seines Freundes gefällt ihm ganz und gar nicht. Aber er ist für den Moment zum Warten verdammt. Er bleibt beim runden Mäuerchen an der Ecke stehen. Von den blätterlosen Ästen einer alten Eiche aber fallen besonders dicke Tropfen auf seine Kapuze. Er wechselt die Straßenseite. Das bringt sogar einen Vorteil mit sich: Er sieht von dort aus ein Zipfelchen der Einfahrt zur Grellingerstraße 81.

Beim raschen Wechsel an den neuen Standort hatte er den Eindruck, weiter unten an der Straße einen sich nähernden Fußgänger zu sehen. Vorsichtig äugt er ein paar Sekunden später um die Ecke, um eine Bestätigung zu erhalten. Tatsächlich. Da ist jemand noch zu später Stunde unterwegs. Ein Heimkehrer? Immerhin ist es die Nacht auf den 27. Dezember, und am nächsten Tag müssen viele in der Stadt wieder zur Arbeit, nicht alle haben sich eine «Brücke» – also ein paar zusätzliche freie Tage bis zum Wochenende – einrichten können.

Der Mann zieht ungefähr auf Höhe der Nummer 65, Eddie kann es nicht genau sehen, einen Hausschlüssel aus der Tasche und geht hinein. Falscher Alarm.

Dafür hört Eddie nun Schritte in seinem Rücken. Er vermeidet es, sich umzudrehen. Immerhin dürfte jemandem, der die Engelgasse entlangläuft, auffallen, dass er schon eine ganze Weile hier herumsteht. Er zückt sein Handy und tut so, als führe er ein Gespräch. Das sollte als Erklärung reichen.

Die Kapuze seiner neuen Regenjacke fällt ihm weit in die Stirn. Das ist ihm erst nach dem Kauf aufgefallen. Die Jacke ist zwar dicht, warm und praktisch, aber diese übergroße Kapuze raubt ihm ein wenig die Sicht.

Jetzt kommt sie ihm gelegen. Er hat das Handy am Ohr, macht ein paar kurze Schritte.

«Ja, ich komme ja. Ja, es tut mir auch leid.» Dann macht er eine Pause. «Ich verstehe dich schon, ja.» Legt wieder eine Pause ein, als höre er aufmerksam zu, was die Person am anderen Ende der Leitung sagt.

Die Schritte in seinem Rücken sind näher gekommen. Er wird überholt. Es ist ein Mann, der an ihm vorbeigeht. Recht schnellen Schrittes. Eddie dreht sich ein klein wenig zur Seite, als wolle er bei seinem Gespräch nicht gestört werden. Unter seiner Kapuze sieht er nicht viel, ihm fällt aber auf, dass er durchaus gemustert wird. Erst als der andere etwa zehn, zwanzig Meter weitergegangen ist und die Straßenseite wechselt, schöpft Eddie Verdacht. Vielleicht gar nicht schlecht, dass er diese kleine Improvisation mit dem fiktiven Telefongespräch durchgezogen hat. Denn er sieht, dass der Mann schnurstracks die Nummer 81 ansteuert.

Die Grellingerstraße bietet kaum Sichtschutz. Wenn er dem Mann folgt, fällt er unweigerlich auf. Er überlegt, nach Hause zu rennen, an die Angensteinerstraße, und via Überwachungskamera das Geschehen weiter zu beobachten. Er verwirft diese Idee. Er würde kostbare Zeit verlieren. Also wechselt er, sobald er den Mann nicht mehr sehen kann, weil der Eingang zur Nummer 81 ja einige Meter zurückversetzt ist, auf die Seite mit den ungeraden Nummern. Wenn er den Mann nicht sehen kann, kann dieser ihn auch nicht sehen. Aber wenn er nahe genug herankommt, kann er vielleicht etwas hören.

Ganz schnell nur wagt er einen Blick um die Ecke, als er auf Höhe der Nummer 83 ist. Die beiden Männer, die dort stehen, drehen ihm den Rücken zu. Das ist gut. Trotzdem zieht er seinen Kopf sofort wieder ein.

Der Securitas-Mann, der immer noch vor dem Haus steht, und der Mann, der ihn vor wenigen Sekunden überholt hat, diskutieren vor dem Hauseingang. Der Wachmann gibt dem anderen auf dessen Fragen Auskunft, während dieser am Kästchen mit dem Schlüsselcode hantiert.

Eddie bekommt nicht alles mit. Wie auch? Doch wenn er sich nicht täuscht, hat der Securitas-Mann gesagt, dass er noch nicht im Haus gewesen sei, weil er – versteht Eddie das richtig? – «weisungsgemäß» gewartet habe.

Eddie hört das Piepen, das durch das Tippen der Tasten hervorgerufen wird. Er hört, wie die Haustür aufschwingt. Aber die beiden Männer gehen nicht hinein. Der Mann ist immer noch am Schlüsselkästchen zugange.

Eddie zählt mit. Er hört insgesamt acht Mal den Signalton. Und er kann sich denken, was das zu bedeuten hat: Der Mann hat die Programmierung aktiviert, einen neuen sechsstelligen Code eingetippt und den Vorgang am Schluss mit einer der Tasten bestätigt.

Eddie weiß jetzt auch, wer der Mann ist, dessen Akzent ihm auffällt. Die Mischung aus Hoch- und Schweizerdeutsch, durchmischt mit ein bisschen französischem Singsang, spricht Bände. Er ärgert sich, dass ihm das nicht gleich klar geworden ist. Das ist Laverriere Junior. Wer sonst? Jetzt erkennt er ihn. Viel hat er zwar mit ihm noch nicht zu tun gehabt, aber es passt alles.

Scheiße.

Was nun?

Eddie kriegt gerade noch mit, wie der Wachmann sagt: «Also gut, Herr Laverriere. Ich wünsche Ihnen noch einen schönen Abend.» Dann ein paar Schritte, eine Fahrzeugtür, die geöffnet und geschlossen wird, kurz darauf ein Motor, der startet, Scheinwerfer, die angeschaltet werden – und Eddie ist gezwungen, sich bei der Hausnummer 83 flach hinter die niedrige Gartenmauer zu legen. Er hofft, dass das niemandem im Haus auffällt und dass der Wachmann ihn nicht sieht. Doch der fährt gar nicht in seine Richtung, sondern wendet und entfernt sich zur Hardstraße hin.

Eddies schöne neue Jacke ist nass, er hat sich an irgendetwas die linke Wange aufgekratzt, aber kein Mensch hat ihn gesehen. In der Nummer 83 geht kein Licht an, kein Hund bellt, es passiert gar nichts. Er rappelt sich auf, tritt wieder aufs Trottoir und äugt erneut um die Ecke.

Alles ist dunkel, alles ruhig, außer dass in der 81 jetzt im ersten Stock Licht brennt. Eddie zückt sein Handy und schreibt so schnell er kann David eine WhatsApp-Nachricht: «laverieweee kommt. Verstehlk dchi.»

Versteckt

Es ist verdammt eng in dem Schrank. David hat Glück, dass er einigermaßen beweglich, einigermaßen schlank und von vernünftiger Körpergröße ist, sonst hätte er sich gar nicht in dieses Versteck zwängen können. In der absoluten Dunkelheit sucht er einen Halt, einen Griff, irgendetwas, das an der Innenseite dieser verfluchten Tür hervorsteht, sodass er dagegenhalten könnte, käme es dem Tier, das er jetzt in der Küche hören kann, in den Sinn, ihn aus seinem Versteck herauszerren zu wollen.

Mit was hat er es hier zu tun? Nur auf sein Gehör angewiesen, sammelt er ein paar Eindrücke. Kein Hecheln wie ein Hund. Kein Miauen oder etwas in der Art wie bei einer Katze. Könnte es ein Bär sein? Dafür sprechen höchstens die Krallen, die Eddie und er gehört haben. Doch ein so großes, schweres Tier wie ein Bär würde sich nicht von einer läppischen Holztür aufhalten lassen. (Wobei: Es gibt auch kleinere Bären!)

Ihm bleibt fast der Atem stehen, als er spürt, hört, fühlt – weiß! –, dass das Biest jetzt unmittelbar in seiner Nähe ist. Er hört ein leises Schnüffeln. Er stellt sich vor, wie eine feine Nase ihn in seinem Versteck wittert. Und dann ein Kratzen am Metall. Zuerst nur ein Ertasten, quasi. Dann immer aufgeregter und schneller. Wenn sich die Krallen unten an der Schranktür verfangen, dort an einem kleinen Widerstand Halt finden, wird sich die Tür öffnen. Und er? Er hat kein Mittel dagegen. Nichts. Zero. Rien. Da sein Versteck nun ohnehin entdeckt ist, wagt er es, im Dunkeln das Display seines Handys aufleuchten zu lassen. Die Innenseite der Tür ist spiegelblank. Keine Schraube steht vor, keine Halterung ist zu sehen, absolut nichts zum Festhalten. David rechnet mit dem

Schlimmsten. Das Einzige, was ihm noch Trost spendet: Wenn sich die Türen in dieser Küche so leicht mit Krallen öffnen ließen, würde der Hausherr keine Nüsse, Maiskörner und andere Futtervorräte dahinter aufbewahren.

Das Kratzen geht weiter. Dann hört es auf. Dafür fiepst das Tier jetzt. Aus Wut? Aus Frustration? Aus Neugier und Aufregung? David zittert am ganzen Leib. Er schwitzt, und gleichzeitig ist ihm eiskalt. Wenn er irgendwie heil aus dieser Sache rauskommen will, ist es elementar wichtig, sich wieder zu fassen, die Kontrolle über sich zurückzugewinnen. Er braucht einen Plan. Und zwar schnell.

Er meint, Stimmen zu hören und wie die Haustür geöffnet wird. Dann zwei Männer, die miteinander reden. Der eine eher unterwürfig, der andere, der klar die Anweisungen gibt, mit einem seltsamen Akzent. Beides ältere Stimmen, wenn er sich nicht täuscht. Der eine verabschiedet sich. Die Haustür wird geschlossen, jemand betritt das Haus, während ein Auto davonfährt.

Ob im Haus Licht gemacht wird, kann er nicht beurteilen. In der Küche, da ist er sich ziemlich sicher, im Moment jedenfalls noch nicht. Irgendwo fängt etwas zu brummen an. Eine Lüftung? Ein Motor? Eine Hebebühne? Ein Rolltor, das sich öffnet?

Die Schritte kommen näher. Er hört das Tier, das sich eben noch für ihn interessiert hat, gemächlich über den Küchenboden tapsen und sich von ihm entfernen. Es dauert ein paar Sekunden, dann geschehen mehrere Dinge nahezu gleichzeitig. Zwei Schnappgeräusche erklingen. Oder ein zweimaliges Klacken, um präziser zu sein. Es ist schwierig, den Ton genau zu identifizieren. Und sein Handy signalisiert mit zwei leisen Knacktönen, dass er eine Nachricht erhalten hat.

Im Schutz seines Verstecks zieht er sein Smartphone hervor. Die Botschaft ist von Eddie. David liest: «laverieweee kommt. Verstehlk dchi.»

So schnell es geht, stellt er das Handy auf stumm. Er kann nur hoffen, dass ihn dieses Knacken nicht verraten hat.

«Mardos», ruft jemand im selben Augenblick. «Mardos?» Dann wieder Stille. David vermutet, dass das Tier nicht mehr in der Küche ist. Wieder ein Geräusch wie von einem Motor. Dann ein Summen. Und dann geht in der Küche das Licht an. Das erkennt er durch einen winzigen Spalt am unteren Rand des Schrankfachs, in dem er steckt.

Die Milchglastür wird geöffnet. David ist sich sicher, dass er dieses Geräusch richtig interpretiert. Es kommt jemand in die Küche. Es muss Laverriere sein, wer sonst? Eddie hat ihn nicht umsonst gewarnt.

«Mardos?», fragt die Stimme, die nun in unmittelbarer Nähe ist, erneut.

Laverriere deponiert irgendetwas auf der Küchenkombination neben der Spüle – fast direkt über Davids Kopf. Ein Schlüsselbund? Ein Werkzeug? Eine Waffe!

Die Schritte entfernen sich. Er hört, wie die Holztür, durch die das Tier in den Raum gelangen konnte, geschlossen wird. Die Schritte kommen wieder näher, gehen an ihm vorbei zum anderen Ende des Raums. Dort scheint Laverriere sich an irgendetwas zu schaffen zu machen. Es klingt nicht nach Holz, eher nach Metall.

«Mardos» ist weg. Egal ob Hund, Katze, Bär oder was auch immer. David ist sich dessen sicher.

«Mardos, hat man dich gestört?», redet der Mann fast wie mit sich selbst. «War jemand da, der hier nichts verloren hat, eh, ma chérie? Du brauchst keine Angst zu haben. Ne t'inquiet pas. Der ist weg. Der kommt nicht wieder.»

Laverriere summt ein Liedchen, das David nicht kennt, irgendetwas Französisches? Er wäscht sich die Hände, und das ist der Moment, in dem David fest damit rechnet, dass er nun doch noch entdeckt wird. Dass der andere die Tür zum Schrank öffnet und ihn dort zusammengekauert in der Embryonalstellung findet. Außer einer kleinen, abgefuckten Geschirrbürste und zwei dünnen Hölzchen hat David nichts entdeckt, was ihm helfen könnte, Laverriere zu attackieren. Er weiß: Er ist vollkommen in der Defensive, fast schon wehrlos.

Zu seiner Überraschung verzichtet Laverriere darauf, die Schranktüren zu öffnen. Er unterzieht die Küche keiner genaueren Prüfung. Es scheint ihm nichts aufzufallen, das anders ist, als er es erwartet hat. Haben Eddie und er tatsächlich nichts berührt oder verändert?

Laverriere pfeift immer noch sein Liedchen, verzichtet nun aber darauf, mit «Mardos» zu reden. David vermutet, dass er sich nun doch umsieht und prüft, ob ihm etwas auffällt.

Das Tier fiepst, aber es ist nicht mehr in der Küche. So viel steht fest. Das Fiepsen ist nun gedämpft. Durch eine Tür oder eine Wand, irgendetwas.

«Oui, oui, ma chérie. Alles gut. Der böse Mann ist nicht mehr da. Bloß gut, dass du eingesperrt gewesen bist und er dich nicht hat sehen können, gelt?»

David fragt sich, wie Laverriere überhaupt gemerkt hat, dass jemand ins Haus eingedrungen ist. Gibt es Bewegungsmelder? Kameras? Haben Eddie und er irgendeinen Alarm ausgelöst? Zufall jedenfalls kann es nicht sein, dass das rote Licht plötzlich zu blinken begann.

Nur fünf Minuten später ist Laverriere weg. Das Pfeifen geht mit ihm, und David ist froh, dass der Mann so beschwingt ist. Es ist, als sende er akustische Signale aus, eine Art Positionsmelder.

Trotzdem verharrt er noch ein paar Minuten in seinem Versteck. Er befürchtet, er könne in eine Falle gelockt werden. Obwohl er deutlich gehört hat, dass die Haustür hinter Laverriere ins Schloss gefallen ist.

In der Küche ist es dunkel, als er die Schranktür zu öffnen wagt. Vorsichtig verlässt er sein Versteck. Er ist total verkrampft. Arme und Beine tun ihm weh. Er streckt sich, fühlt, wie das Blut wieder in seine Extremitäten fließt, wie er langsam wieder voll bewegungsfähig wird. Das Biest fiepst ganz kurz, ist aber sofort wieder still. David kann sich nur dank des spärlichen Lichts von außen orientieren. Er hat eine Idee. Um sich möglichst leise bewegen zu können, zieht er seine Schuhe aus, verknotet sie mit den Schnürsenkeln und hängt sie sich um den Hals. Er hat sich diese Küche mittlerweile gut eingeprägt. Schleichend steuert er die Milchglastür an, ahnt aber, bevor er die Klinke nach unten drückt, dass sie sich nicht öffnen lassen wird. Laverriere ist vorsichtig geworden. Hat einen Mechanismus ausgelöst, der verhindern soll, dass Eindringlinge zu viele seiner Geheimnisse erkunden.

Ob Kameras oder Bewegungsmelder. David hält es für klug, sein Handy nicht zu benutzen, wenn es nicht unbedingt nötig ist. Es geht jetzt bloß darum, heil aus diesem Haus zu kommen.

Nachdem er die Milchglastür erfolglos getestet hat, wendet er sich der linken Seite der Küche zu. Dort waren Eddie und er bei ihrem Besuch gar nicht gewesen. Die Küchenkombination aus Edelstahl an der Längsseite ist um die Ecke verlängert worden. Das ergänzende Stück ist etwa anderthalb Meter lang. David stößt mit dem Schienbein unversehens gegen einen niedrigen Gegenstand. Er unterdrückt einen Fluch, obwohl ihm der Schlag gegen den Knochen wehtut. Er verharrt an Ort und Stelle. Spätestens jetzt muss dem Tier klar sein, dass er noch immer im Haus, in der Küche ist. Wird es versuchen, ihn zu finden und zu attackieren? Oder ist es weggesperrt, sodass er nichts fürchten muss? Er fängt wieder an, vor Angst zu zittern. Er wüsste nicht, wie er sich gegen einen Angriff wehren könnte.

Vorsichtig ertastet er mit den Händen, was ihm den Weg versperrt hat. Eine Holzkonstruktion. Eine Art Leiter oder Tritt mit vier Stufen. Das grob gefertigte Ding führt auf die Höhe der Küchenkombination. Wo die Treppe endet und der Edelstahl anfängt, ist eine Art Teppich auf die Kombination geklebt worden. Tierschutz scheint Laverriere ein Anliegen zu sein. David ist jedenfalls sonnenklar, dass dies für «Mardos» konstruiert worden ist, von einem, der von Schreinerarbeiten nicht viel Ahnung hat. Ein Praktiker, kein Könner.

David meint, ganz schwach eine Tür an der Rückwand der Kombination ausmachen zu können. Mit seiner Linken tastet er die Wand ab. Er ist sich nicht sicher. Er bräuchte mehr Licht. Aber er hat eine Vermutung. Gut möglich, dass sich auf der anderen Seite der Wand der Salon oder das Esszimmer befindet und dass diese Öffnung dazu verwendet wurde, bei großen, festlichen Einladungen – oder auch im Alltag – die Speisen auf direktem Weg in den Salon zu reichen.

Er traut sich aber nicht, an der Durchreiche zu manipulieren. Denn er hat noch eine zweite Vermutung. Möglichst ohne erneut gegen irgendetwas zu stoßen, sucht er am entgegengesetzten Ende der Küche die Holztür, diese behelfsmäßige Konstruktion, die unten bereits angefressen oder abgekratzt ist. Dort, wo er zum ersten Mal das Kratzen der Krallen hat hören können.

Wenn er all die Geräusche im Raum richtig interpretiert hat, wurde diese Tür von Laverriere geschlossen, aber nicht verriegelt. Die Bestie müsste sich, überlegt er, nun in der linken Hälfte des Parterres aufhalten, dort, wo sie durch die Durchreiche hingelangen konnte.

Er hört jetzt deutlich, wie das Tier frisst. Es ist abgelenkt. Laverriere hat ihm wohl zur Beruhigung eine extra gute Portion Futter hingestellt, oder irgendein Goodie. David hört, wie Nüsse oder Maiskörner aus einem metallenen Futternapf geschoben werden und auf den Boden fallen, während das Tier sich bedient.

Er stößt aus Versehen an einen hölzernen Gegenstand auf der Anrichte. Sofort hören die Fressgeräusche auf. Zuerst ein lautes Fiepsen. Dann dieses Pfeifen. Scharfe Krallen kratzen nun im Nebenraum an Holz. Dem Holz der Durchreiche?

Der Zolli fällt ihm ein. Die Raubtiergehege. Laverriere wird gelegentlich in den Räumen sauber machen müssen. Er muss sicheren Zugang zu Heizungen und Wasserleitungen haben. Er muss die wenigen, klug ausgewählten Fenster hin und wieder putzen. Also hat er für «Mardos» zwei Bereiche geschaffen, die er problemlos voneinander abtrennen kann. Mit der Küche in der Mitte.

Was David nicht abschätzen kann, als er nun die tatsächlich nicht verriegelte Holztür öffnet: Gibt es in diesem schauderhaften Haus noch eine zweite, dritte oder vierte Bestie? Vermutlich nicht. Laverriere hat immer nur mit «Mardos» geredet. Und es waren, zumindest bis jetzt, auch immer nur Geräusche eines einzigen Tieres zu hören.

David hat keine andere Wahl. Er erkundet den Raum hinter der Holztür. Es ist ein Vorratsraum. Nur ein kleines Fensterchen ganz oben und völlig leere, arg verbissene, aber ehemals schön gezimmerte Holzregale an den Wänden. An der ihm gegenüberliegenden Wand gab es früher einmal eine schmale zusätzliche Tür. Er sieht noch die Scharniere. Aber der Durchgang ist offen. An der Schmalseite, die ins Innere des Hauses führt, hängt eine Tür etwas schief in den Angeln. Wenn er sich richtig erinnert, ist sie von der anderen Seite, also von der Eingangshalle her, mit einem Gitter gesichert.

An der Seite gegen die Außenwand des Hauses, dort wo durch das Fenster schwaches Licht in den kleinen Raum dringt, sieht er ein Geländer entlang eines Kellerabgangs.

Wie kommt er hier raus? Bevor er sich in den dunklen Keller wagt, wo er nicht weiß, was ihn erwartet – Schlangen, Spinnen, Würmer, Käfer –, erkundet er den Rest des Parterres. Allerdings ohne große Hoffnung, dass sich dort eines der Fenster öffnen lässt. Er findet einen unmöblierten, großen Salon voller Futterreste, Dreck und Kratzspuren. Wie eine Art Katzenkiste funktionieren wohl zwei große Plastikbehälter mit Streu oder Sand, die er sowohl im Salon als auch im angrenzenden Frontzimmer – war es einst das «Raucherzimmer»? – entdeckt. «Mardos», und das überrascht ihn, scheint stubenrein zu sein. Ist das üblich? Was ist das bloß für ein Vieh? Den Geräuschen nach zu urteilen ist es etwas Großes, Schweres, mit viel Kraft, viel Lungenvolumen. Viel Aggression?

Er wirft nur einen kurzen Blick in die großen Zimmer. Wegen der beiden Fenster zur Straße hin ist das «Raucherzimmer» gut überblickbar. Leere Wände, verschossene Tapeten, an denen helle Flecken verraten, wo einst Bilder hingen.

In den Salon fällt weniger Licht. Er muss etwa vierzig Quadratmeter groß sein, hatte einst einen prächtigen Holzboden, wie fast alle Räume im Haus. Aber dieser ist, ebenso wie der im Vorratsraum, unwiederbringlich verkratzt. Alle Fenster, obwohl geschlossen, sind durch Metallgitter zusätzlich geschützt. Hätte er Werkzeug, könnte er versuchen, eines der Gitter zu lösen, um dann durch das Fenster das Haus zu verlassen. Aber noch einmal zurück in die Eingangshalle zu gehen und dort die Treppe in das obere Stockwerk zu nehmen, wo er vorhin den Werkzeugkasten gesehen hat, traut er sich nicht.

Er schaut sich die Kratzspuren etwas genauer an. Fotografiert sie. Was für ein Tier hinterlässt solche Spuren? Und warum muss es in einer leer stehenden Villa im Gellert vor der Welt verborgen werden? Wohl das teuerste Versteck, das man sich vorstellen kann.

David weiß, er hat jetzt wenig Zeit, sich weitere Gedanken zu machen. Er könnte noch einmal zurück in die Küche, um zu prüfen, ob es irgendwo ein Guckloch gibt. Muss sich Laverriere nicht versichern können, wo genau «Mardos» ist? Kriegt er diese rätselhafte Kreatur, mit der so liebevoll spricht, je vor Augen?

Er geht das Risiko nicht ein. Er will raus hier. Schnell. Vielleicht öffnet sich ja nach einer bestimmten Zeit die Verriegelung zum Trakt, in dem das Biest jetzt ist, und es hat sofort Zugang zu seinem ganzen Revier. Vielleicht fällt Laverriere doch noch etwas ein, und er kehrt noch einmal zurück. Zeit zu gehen. Höchste Zeit!

Was bleibt ihm also anderes übrig, als sein Glück im Keller zu versuchen?

Er hat Angst, als er die Treppe hinuntergeht. Die letzten Stufen nimmt er vorsichtig. Muss er hier unten mit einem weiteren Biest rechnen? Er hält inne. Spitzt die Ohren, hört aber keine Geräusche, spürt keine Präsenz eines Lebewesens. Etwas mutiger wagt er sich weiter vor. Was ihm sofort auffällt: Auch im Keller ist alles leer geräumt. Für «Mardos» zugänglich gemacht. Er stolpert beinah über zwei große, metallene Reisekoffer. David traut sich nun, sein Handy wieder zu aktivieren. Er hat nur noch sechs Prozent Akku. Jetzt hängt alles davon ab, wie clever er diese Restenergie verwendet.

Es ist im Keller viel zu dunkel, um auf Erkundungstour zu gehen. Dafür muss er die Taschenlampe einschalten. Er leuchtet nur kurz die vier kleinen Fenster aus, die auf den

Hinterhof führen. Zwei davon scheinen ihm geeignet. Sie sind zwar ebenfalls mit einem Metallgitter versperrt, aber er kann sie ohne Weiteres erreichen und ist sich sicher, dass sie für ihn gerade groß genug sind, um durchzukriechen. Er zieht sich die Schuhe wieder an. Nur in Socken will er hier nicht herumlaufen.

David überlegt einen Moment. Was ist klüger, was verspricht mehr Erfolg? Soll er Eddie anrufen oder ihm besser eine WhatsApp mit Instruktionen schicken?

Er ist tatsächlich kein Technikfreak, da hat der Pöstler schon recht. Und er war noch nie in einer solchen Situation, in der er abschätzen muss, wie er sich mit dem wenigen verbleibenden Strom aus einer Notlage befreien kann.

Er schreibt eine WhatsApp-Nachricht und behält dabei den Akkustand im Auge. Seine Überlegung dabei: Wenn es dumm läuft, kann Eddie den Anruf gar nicht entgegennehmen. Weil er selbst gerade in der Klemme steckt, zum Beispiel. Und: Eine geschriebene Botschaft ist präziser, kann mehrmals gelesen werden und ist somit fast nicht falsch zu verstehen.

Was er braucht, ist klar. Jemand, der ihm zu Hilfe kommt, jemand, der eines der beiden Fenster einschlägt, ihm dann einen Kreuzschlitzschraubenzieher – noch besser einen Akkuschrauber – reicht und wartet, bis er rausgekrochen ist, um mit ihm anschließend in der Dunkelheit zu verschwinden. Bevor irgendwelche Bewegungsmelder oder Nachtkameras Laverriere erneut aus dem Bett jagen – oder die Polizei eintrifft.

Zwanzig Minuten nachdem er die sorgfältig formulierte Nachricht losgeschickt hat – bei noch vier Prozent Akku –, trifft Eddie ein. Schwer atmend und, wie David sofort sieht, mit rußgeschwärztem Gesicht. Als wäre er Teil einer Spezialeinheit. Weitere sechs Minuten später ist David befreit. Eddie geht voran, führt ihn durch einen völlig zugewachsenen, verwilderten Garten zu einem Loch im Zaun und auf das Gelände der benachbarten Baufirma. Dort halten sie sich konsequent im Dunkel der Hauswände, rennen bis zum Eingangstor und schaffen es zur Hardstraße – gerade in dem Moment, als ein Bewegungsmelder das Areal ausleuchtet und irgendwo auf irgendeinem Computer in irgendeinem Büro bestimmt ein Alarm ausgelöst wird.

Ihre Hoffnung, nicht von einer Kamera erfasst und erkannt worden zu sein, erweist sich als berechtigt. Das Jahr geht zu Ende, ohne dass die Polizei bei David Friedrich oder Eduardo Armando Fontanella vorstellig wird.

Und das neue Jahr fängt damit an, dass David in seinem Briefkasten ein dickes Couvert findet. Ganz altmodisch ist auf der Rückseite ein Absender angegeben: Frau Charlotte Hagenbach, Grellingerstraße 87, 4052 Basel.

Darin steckt, versehen mit einem kurzen Begleitbrief, ein Tagebuch.

Dritter Teil

Catherine Laverrieres Aufzeichnungen

6. Januar 1985
Wir sitzen auf gepackten Koffern. Reinhold scheint sich zu freuen. Aber er wirkt in letzter Zeit merkwürdig unruhig und getrieben. Er kümmert sich kaum noch um mich oder um Rolande.

Etwas stimmt nicht, aber er will mir nicht verraten, was ihn so verändert hat. Ist es nur die Aussicht auf diese neue Stelle bei der Ciba-Geigy? Ist es der Umzug in die Schweiz, ein Land, das uns beiden fremd ist?

So viel anders kann es aber dort nicht sein. Alles, was ich von Basel gehört habe, stimmt mich zuversichtlich. Eine alte Stadt reich an Geschichte und Kultur am Rhein. In unmittelbarer Nachbarschaft liegen Deutschland und Frankreich. Man hat uns ein schönes, großes altes Haus organisiert, in dem wir zu Beginn unterkommen. Wenn es uns gefalle, so hat mir Reinhold gestern verraten, sei es auch möglich, es zu kaufen, statt über die Zeit viel Geld für Miete auszugeben.

Seit dem Tod meiner lieben Eltern steht uns viel Geld zur Verfügung. Es wäre also möglich. Und Reinhold, in seiner kühl kalkulierenden, wissenschaftlichen Art, hat mir schon vorgerechnet, wie viel weiser es sei, zu kaufen statt zu mieten. Man könne, gerade in der Schweiz, vermutlich sein Geld gar nicht besser investieren als in ein prächtiges Stadthaus.

Die Sprache kann es auch nicht sein, die ihm Sorgen bereitet. Mit seinen Kollegen spricht er ohnehin fast nur Englisch. Und dank seiner Mutter ist auch sein Deutsch ganz passabel – wenn ich das richtig einzuschätzen vermag. Er rechne damit, dass man sich über unser Québécois lustig machen werde. Dummes Zeug. Wir verwenden den Dialekt doch nur unter uns und mit Rolande. Wenn es darauf ankommt, sind wir sehr wohl in der Lage, ein fast lupenreines Französisch zu sprechen.

Ach, ich weiß nicht. Vielleicht bin ja ich es, die komisch ist, und gar nicht Reinhold.

19. Februar 1985
Basel ist hübsch. Ich werde mich schnell an die Stadt und die Menschen hier gewöhnen. Das Haus ist unglaublich. Eigentlich viel zu groß für uns drei.

Ich bemühe mich, rasch ein bisschen Deutsch zu lernen. Die Firma hat mir auf Reinholds Bitte hin eine Privatlehrerin organisiert, die täglich zwei Stunden mit mir übt. Sie ist sehr jung und sehr kompetent.

7. August 1985
Reinhold geht völlig in seiner Arbeit auf. Er schwärmt von seinem neuen Team. Er sagt, mit den Mitteln, die ihm hier zur Verfügung stehen, sei seine Arbeit auf einem ganz anderen Level möglich als zuletzt in Montreal. Und er ist wieder viel zugänglicher und herzlicher. Mit Rolande und mit mir.

Dafür macht mir der Junge manchmal Sorgen. Er ist ein Einzelgänger. Das war er schon in Montreal, aber dort hatte er wenigstens noch einen kleinen Kreis an Freunden. Hier scheint er kaum Anschluss zu finden. Wir haben ihn an der Swiss American School eingeschrieben. Würde er auf eine der hiesigen Schulen gehen, käme er ganz unter die Räder. Da bin ich mir sicher. Wie kann ich ihm bloß helfen?

25. Oktober 1985
Halloween kennt man hier nicht. Mir soll es recht sein, ich habe mich zuhause schon nie auf diesen Tag gefreut. Er hat mir immer etwas Angst gemacht.

Wir kehrten gestern von einem viertägigen Ausflug ins Engadin zurück. Eine wunderbare Landschaft, von der ich schon viel gehört hatte, die man aber gesehen haben muss. Mit den eigenen Augen. Die farbigen Herbstwälder, die ich unterwegs immer wieder bewundert habe, erinnerten mich an den Indian Summer. Da habe ich Heimweh gekriegt. Aber Reinhold hat mir versprochen, über Weihnachten nach Kanada zu fliegen und im Kreise unserer Familie und mit alten Freunden zu feiern. Wenn ich nur lieber reisen würde.

23. Februar 1986
Ich habe in unserer Nachbarin eine neue Freundin gewonnen. Charlotte Hagenbach ist eine interessante, neugierige und herzensgute Person. Ich bin oft bei ihr zu Besuch und sie hat gestern davon geredet, eine Art Musikkränzchen ins Leben zu rufen. Das fände ich toll.

Reinhold geht es gut. Er hat aber viel weniger Kontakte hier in Basel geknüpft als ich. Das überlässt er mir. Rolande dagegen ist sehr unzufrieden in der Schule. Wir müssen uns überlegen, wie es mit ihm weitergehen soll. Ich hatte wegen ihm zuletzt einige schlaflose Nächte.

15. April 1986
Wir haben mit Rolande einen Deal gemacht. Wenn er die letzten zwei Jahre bis zum Abschluss hier noch durchhält, darf er nachher daheim studieren. Er vermisst Kanada so sehr.

8. Mai 1986
Mein Mann und mein Sohn hatten einen heftigen Streit heute Abend. Ich könnte immer noch heulen. Ich musste dazwischengehen und sie auseinanderhalten.

Rolande wirft seinem Vater vor, sich nicht für ihn zu interessieren. Ihm sei es völlig egal, was aus seinem Sohn werde oder wie es ihm gehe. Gegen seinen Willen habe man ihn in dieses fremde Land verpflanzt, in dem er sich überhaupt nicht wohlfühle.

Reinhold ist explodiert. Er ermögliche uns – und ich kann nicht verstehen, warum er mich da einbezogen hat! – ein tolles Leben in einem Land, das zu den sichersten und reichsten der Welt gehört. In einem riesigen Haus, um das uns viele beneiden. Ob es da zu viel verlangt sei, etwas Dankbarkeit zu zeigen? Andere Kinder würden es sich wünschen, so aufzuwachsen.

Oh, es war schrecklich. Ganz schlimm. Ich befürchte, es ist ganz, ganz viel in der Beziehung zwischen Reinhold und Rolande kaputtgegangen heute Abend. Dabei wäre es doch mein größter Wunsch, wenn die beiden gemeinsam Dinge unternehmen würden. Rolande würde sich so sehr wünschen, mit seinem Vater einmal einen Match des FC Basel zu besuchen. Aber Sport interessiert Reinhold überhaupt nicht. Er schimpft immer nur, dass es unglaublich sei, wie viel Geld «diese Hohlköpfe» mit «diesem Mist» verdienen können. Wenn ihm und seinem Team nur ein Bruchteil davon zur Verfügung stünde, könnte er mit seiner Arbeit schon viel weiter sein. Er redet immer von einem Durchbruch.

Sport hat ihn schon in Montreal nie interessiert. Ganz egal ob Eishockey oder Football. Vielleicht sollte ich mit Rolande allein an einen Match gehen. Aber der FC Basel spielt meistens an einem Samstagabend und ich weiß genau, wie Reinhold reagieren würde, wenn wir ausgingen.

17. Mai 1986
Ein wunderbarer Tag bei Charlotte. Das Konzert war so schön wie noch nie.

23. Juni 1986
Die Sommerferien stehen unmittelbar bevor. Rolande und ich fliegen morgen nach Montreal und wir dürfen die ganzen sechs Wochen bleiben. Reinhold hat sich sehr großzügig gezeigt. Ich glaube, er will nach dem großen Streit versuchen zu retten, was zwischen ihm und seinem Sohn noch zu retten ist.

Er hat mir versprochen, Ende Juli für mindestens zwei Wochen auch nach Kanada zu kommen. In der letzten Zeit erscheint er mir wieder sehr merkwürdig. Er tüftelt an einem neuen Projekt, von dem er sich viel verspricht. Mal sehen.

11. März 1997
Armes Tagebuch. Du hast so viele Jahre nichts mehr von mir gehört. Was soll ich denn alles nacherzählen? Uff, es ist so viel passiert.

Rolande lebt seit sechs Jahren in Kanada. Er hat mit Müh und Not hier in Basel die Matura bestanden, und Reinhold hat danach sein Wort gehalten. Unser Junge durfte in Montreal studieren.

Ich weiß noch genau, wie ich weinend in Zürich am Flughafen stand, als R. seine Zelte hier abbrach. Es brach mir fast das Herz. Am liebsten wäre ich mitgegangen.

Valerie hatte sich bereit erklärt, einen Blick auf ihn zu werfen. Sie hat bis heute Wort gehalten, und wenn er etwas braucht, ruft er manchmal mich an, manchmal rennt er zu Valerie. Seit letztem Jahr hat er einen Abschluss in Literaturwissenschaft und Geschichte. Er schlägt gar nicht seinem Vater nach. Naturwissenschaften interessieren ihn überhaupt nicht. Sie waren ihm schon immer egal. Ich glaube, er kommt nach mir. Ich habe immer schon gerne gelesen, interessiere mich für Kunst und Musik.

Hätte ich mir einen anderen Mann suchen sollen? Waren Reinhold und ich uns nicht immer in gewisser Weise fremd?

Er kann sich völlig in seiner Arbeit verlieren. Dann vergisst er Zeit und Raum. Wenn er unten in seinem Arbeitszimmer sitzt, brennt oft bis in tief in die Nacht das Licht und ich höre ihn – obwohl unser Haus dicke Wände hat – manchmal schimpfen. Oder er hämmert in seiner Verzweiflung oder seinem Frust mit beiden Fäusten auf sein Pult. Das höre ich auch.

Aber es ist schon lange her, seit ich ihn zuletzt in einer solchen Phase oder einer solchen Stimmung versucht habe aufzuheitern. Er wird dann nur noch aggressiver oder wütender.

Das Einzige, was hilft, ist Geduld. Meistens findet er nach ein paar Tagen wieder aus diesem schwarzen Loch heraus.

4. April 1997
Tolles Konzert bei Charlotte. Wir haben Mozart und Vivaldi gespielt. Es tut mir so gut.

Seit Wochen nichts mehr von R. gehört. Valerie hat mir gesagt, er sei immer noch in Vancouver. Er habe jetzt eine Freundin.

6. April 1997
Reinhold kann nicht mehr verbergen, wie sehr ihn der Erfolg der schottischen Forscher wurmt. Er redet in letzter Zeit nur noch von Dolly. Dolly da, Dolly dort. Ich weiß nicht mehr, wie ich damit umgehen soll. Es schwelt eine Wut in ihm, die mir Angst macht. Dass er seine «dunklen Phasen» hat, daran habe ich mich gewöhnt. Was blieb mir anderes übrig? Er fand immer aus ihnen heraus und war wieder ein guter Ehemann. Ich habe schon früh in unserer Ehe gelernt, dass ich ihn dann einfach in Ruhe lassen muss.

Seit Dolly ist es anders. Ich weiß, warum: Er ist überzeugt, dass dieser Durchbruch in der Wissenschaft ihm und seinem

Team gebührt hätte. Er schimpft über die Fusion, bei der seine Abteilung in eine neue Firma ausgelagert worden ist. « Wäre diese verdammte Fusion nicht zum dümmsten Zeitpunkt gekommen, hätten wir nicht so viel kostbare Zeit verloren.» Das habe ich ihn schon oft sagen hören. Nicht nur zu mir. Auch zu Bekannten von uns.

Und ich weiß genau, was dahintersteckt: Er ist überzeugt, dass dieser Ian Wilmut früher oder später den Nobelpreis erhalten wird. Dabei habe er selbst ihn eigentlich verdient. Er ist jetzt manchmal unerträglich.

11. April 1997
R. hat sich aus Alaska gemeldet. Bei mir und bei Valerie. Es ist alles in Ordnung!

Reinhold ist neuerdings oft im Keller unten. Ich weiß nicht genau, was er dort macht. Er schließt die Tür in den linken Teil jetzt immer ab.

1. Mai 1997
Ich freue mich so. R. hat versprochen, im Sommer mit seiner neuen Freundin ein paar Tage in Basel Halt zu machen. Es ist über ein Jahr vergangen, seit ich meinen Sohn zuletzt gesehen habe. Wenn er nicht angekündigt hätte, zu uns zu kommen, wäre ich nach Kanada geflogen. Von mir aus nach Alaska. Geld haben wir ja genug.

Reinhold ist seit vorgestern merkwürdig aufgekratzt. Aber er will mir partout nicht erzählen, warum. Ich höre fast keine Geräusche mehr aus dem Keller, wenn er dort unten ist. Was um alles in der Welt führt er im Schild?

Ich weiß nicht, ob ich Charlotte etwas sagen soll. Ich muss mir das gut überlegen.

19. Mai 1997
Ich war heute den ganzen Nachmittag bei Charlotte. Als ich heimkam, war Reinhold in der Küche und hat sich einen Gin Tonic gemixt. Er war so guter Laune wie schon lange nicht mehr. Er hat mich sogar umarmt und mich geküsst, als ich zu ihm in die Küche trat. Dann machte er mir auch einen – starken – Gin Tonic, den ich immer noch spüre. Ich habe ihn natürlich gefragt, was es denn zu feiern gebe. Er hat nur geschmunzelt, aber die Frage nicht beantwortet. Zu Anfang des Monats war er für eine Woche an einem Kongress in Montreal. Ausgerechnet! Wie ich ihn beneidet habe. Da muss etwas passiert sein. Denn er kehrte in bester Laune zurück. Richtig aufgekratzt.

Jetzt sitze ich an meinem kleinen Schreibtisch und bin völlig verwirrt. Ist es der Alkohol? Hätte ich keinen zweiten Gin trinken sollen?

Was stimmt mit meinem Mann nicht? Was macht er im Keller? Weshalb kam er heute so früh von der Arbeit nach Hause? Das macht er sonst nie. NIE.

5. Juni 1997
Auf Sonnenschein folgt Regen. Reinhold ist wie ein umgekehrter Handschuh. Abweisend, zornig, aggressiv. Ich verstehe nicht, weshalb.

Nur noch zehn Tage, dann fliege ich nach Montreal, treffe Valerie und gemeinsam fliegen wir drei Tage später nach Anchorage. Schade, dass R. nicht nach Basel kommen kann. Hätte mich gefreut. Aber Hauptsache ist, dass wir einander sehen. Und Alaska wird sicher toll. Ich war noch nie im Leben dort. R. hat versprochen, uns alles zu zeigen. Ihm geht es richtig gut. Pam scheint eine tolle Frau zu sein. So glücklich habe ich R. noch selten erlebt. Bin gespannt.

13. Juli 1997
Reinhold hat zwei lange Kratzwunden am Oberarm und im Gesicht. Er will mir nicht sagen, woher sie stammen. Von einer Frau? Das ist mein schlimmster Verdacht. Ich habe es ihm gesagt, ohne groß zu überlegen. Aber er fuhr nicht aus der Haut. Ich habe das Gefühl, er ist schon fast erleichtert, dass ich so etwas dahinter vermute. Das macht mich nur noch stutziger.

Mit R. in Alaska war es wunderbar. Wir haben so viel gemeinsam unternommen. Valerie ist fast wie eine zweite Mutter für ihn. Ich bin ein bisschen eifersüchtig geworden, habe es aber hoffentlich gut verbergen können.

Pam ist ein Schatz. Ach, wie hoffe ich, dass diese Beziehung von Dauer ist. Sie unterstützt R., macht ihm Mut, sie glaubt an ihn und er spürt das natürlich.

Es fiel mir schwer, mich in Anchorage am Flughafen von allen dreien zu verabschieden. Valerie flog zurück nach Montreal, R. und Pam bleiben noch in Alaska, und ich hatte einen Heimflug via San Francisco.

19. Juli 1997
Reinholds Wunden heilen langsam. Wird er eine Narbe im Gesicht davontragen? Ich hoffe nicht. Er war schroff, als ich mich noch einmal traute nachzufragen. Es sei ein Versuchstier im Labor gewesen, hat er behauptet. Das kann ich mir gut vorstellen. Nur weshalb hat er das nicht von Anfang an gesagt? Und weshalb hat man ihn denn an jenem Donnerstag nicht im Geschäft besser verarztet? Er sah ja schlimm aus.

Ich wage es fast nicht zu schreiben. Aber der Gedanke geht mir nicht aus dem Kopf, so sehr ich ihn auch zu verdrängen versuche: Was lebt bei uns im Keller? Hat er Versuchstiere zu uns nach Hause gebracht?

Falls das der Fall ist: Warum macht er das? Das ist doch bestimmt hinter dem Rücken der Firma und verstößt gegen alle Regeln. Wenn es wahr ist und sie das herausfinden, wird er dann entlassen?

Er schimpft seit der Fusion immer über diese neue Firma. Fast jeden Tag. Manchmal redet er sich richtig in Rage und will sich fast nicht mehr beruhigen. Er findet immer ein Haar in der Suppe. Man hat ihn und sein Team zwar behalten, aber es kamen andere sehr renommierte Wissenschaftler neu dazu. Von denen hält er nichts. Gar nichts.

3. August 1997
Das darf nicht wahr sein. Es ist schrecklich. Ich bin völlig aufgelöst und weiß nicht mehr, was ich denken oder glauben soll. Reinhold musste heute ins Spital. Er hat einen Teil seines kleinen Fingers an der linken Hand verloren. Und obwohl er zuerst eine Lüge verbreitet hat, steht fest: Er wurde gebissen. Ein Tier hat ihm in die Hand gebissen, und zwar so fest, dass die Fingerkuppe amputiert werden musste.

Was ist bloß mit uns los? Was MACHT Reinhold? Ich muss herausfinden, was er im Keller vor mir versteckt.

4. August 1997
Wir haben eine riesige Ratte im Keller! Sie sieht schrecklich aus. Groß wie ein Hund.

6. August 1997
Ich fühle mich schrecklich. Ganz schrecklich. Ich habe es niemanden gesagt. Ich habe begonnen, R. einen Brief zu schreiben und ihm darin alles zu erzählen. Aber müsste ich nicht zuerst mit Reinhold reden? Aber davor habe ich riesige Angst.

Heute Nachmittag war ich bei Charlotte. Sie hat sicher gemerkt, dass mit mir etwas nicht stimmt. Ich habe Kopfschmerzen vorgeschoben und gesagt, mir gehe es gerade nicht so gut.

Ich habe mir überlegt, sie ins Vertrauen zu ziehen. Aber das Risiko, das ich damit eingehe, ist enorm. Wahrscheinlich würde mir Charlotte glauben. Ich denke nicht, dass sie mich für verrückt halten würde. Aber was passiert dann? Was passiert mit Reinhold und uns? Unserem Haus? Unserem Sohn? Soll ich Rolande anrufen? Soll ich es ihm sagen?

Vielleicht hält mich Charlotte ja nicht für verrückt, aber ich befürchte selbst, verrückt zu werden.

7. August 1997
Ich habe Reinhold gesagt, dass ich im Keller war und was ich gesehen habe.

Er hat anders reagiert als erwartet. Er musterte mich mit einem Blick, der mir Angst gemacht hat. Er schrie mich nicht an, er machte mir keine Vorwürfe. Er blieb eiskalt. Wenn ich diese Szene jetzt hier beschreibe, wünsche ich mir fast, er wäre explodiert, wäre richtig wütend geworden.

9. August 1997
Ess geht mir nich gut. Eaewa stimt mr nict.

Vierter Teil

Vertrauen

Dass Frau Hagenbach am 29. Dezember gestorben ist, hat David mitbekommen. Soweit er weiß, ist sie am zweiten Weihnachtstag – also nach dem Abend, auf den sie sich so gefreut hatte – daheim zusammengebrochen und sofort ins Spital gebracht worden. Er hat das von einer Kundin erfahren, und Eddie konnte es mehr oder weniger bestätigen.

Das Couvert mit dem Tagebuch – ein simples, liniertes Heft aus einem Warenhaus – hat er am 2. Januar aus dem Briefkasten genommen. Wie die Adresse und der Absender war auch der Brief darin von Hand geschrieben. Er ist auf den 25. Dezember datiert. Frau Hagenbach schreibt darin, dass ihr das Tagebuch etwa fünf Monate nach dem Tod von Frau Laverriere zugeschickt worden sei. Es sei in der Erbmasse gefunden worden. Laverriere hat es offenbar nicht für nötig erachtet, das Couvert zu öffnen und zu prüfen, was darin steckt. Er ging wohl davon aus, dass es Noten seien, denn für die Musikkränzchen hatten sie und Catherine regelmäßig welche ausgetauscht.

«Ich habe es damals gelesen, Herr Friedrich», schreibt ihm Frau Hagenbach. «Ich wusste nicht, was ich damit anfangen sollte. Mein Mann hat mir geraten, es zu verbrennen und zu vergessen. Ob ich mich wirklich in diese Sache reinziehen lassen wolle, hat er mich gefragt. Aber wäre ich es Catherine nicht schuldig gewesen? Ich schicke es Ihnen, weil wir miteinander bei Ihrem Besuch über die Laverrieres geredet haben. Wem sonst soll ich es anvertrauen? Meine Freunde sind alle achtzig oder älter. Kinder habe ich nicht. Frau Pekovic würde es einfach wegwerfen, wenn ich nicht mehr bin. Machen Sie damit, was Sie wollen, Herr Friedrich. Es ist Ihre Entscheidung. Ich danke Ihnen für alles, was Sie für mich getan haben. Von ganzem Herzen. Ich fühlte mich so wohl am Abend mit meinen Freunden. Es hat mir gutgetan, mich noch einmal aufzuraffen. Ihre Charlotte Hagenbach.»

Er hat Eddie noch nichts gesagt. Es ist der 4. Januar, und David hat Pause. Im Moment ist er froh, sich ablenken zu können. Seit er aus dem Keller befreit worden ist, weiß er, wenn er ehrlich mit sich ist, weder ein noch aus. Anuschka hat ihn gestern gefragt: «Chef, bist du krank?» Marie-Jo hat ihn nur scheel angesehen, und Isabelle bot an, ihm einen Tee zu kochen.

«Ein Schnaps wäre mir lieber», hat er gesagt. Und Isabelle wollte schon das Notfallfläschchen öffnen. Aber er hat abgewunken, behauptet, es sei ein Witz gewesen. Obwohl ihm durchaus ernst war damit ...

Ja, die Teile passen zusammen. Es steht fest, dass im Keller der Villa eine riesige Ratte gefangen gehalten wird, offensichtlich seit vielen Jahren. Doch wenn das Tagebuch stimmt – gibt es einen Grund, daran zu zweifeln? –, ist dieses verdammte Monster Mardos etwa 26 Jahre alt.

David googelt. Zum x-ten Mal. Ratten werden im Normalfall ein bis zwei Jahre alt. Ein bis zwei Jahre! Nicht 26. Doch gleichzeitig ist er überzeugt, dass es sich um ein und dieselbe Ratte handeln muss. Also die, die ihn um ein Haar aus seinem Versteck gezerrt hätte und die Reinhold Laverriere ein Stück Finger gekostet hat.

Er überlegt sich, Professor Karlovic vom Unispital anzurufen. Der hat ihm schon einmal geholfen. Ein Spezialist für Gentechnik und DNA-Analysen. Der müsste etwas zur Sache sagen können. Aber Eddie und er haben sich geschworen, im Moment mit keiner anderen Menschenseele über das zu reden, was sie am Abend des 26. Dezember erlebt haben.

Zwar sind sie beide mittlerweile ziemlich sicher, dass es keine Spuren gibt, die in ihre Richtung weisen, und vermutlich hat auch dieser feine Herr Laverriere keinen Anlass, die Sache an die große Glocke zu hängen. Aber es bleibt ein schlechtes Gefühl im Bauch. David könnte schwören, dass diese Geschichte noch nicht zu Ende ist. Nur sehen Eddie und er keine Möglichkeit, selbst etwas in Bewegung zu bringen. Ein anonymer Brief an die Polizei oder die Staatsanwaltschaft mit dem Hinweis, sich doch die Grellingerstraße 81 einmal etwas genauer anzusehen? Dort verberge jemand im Keller eine riesige Ratte?

In wessen Keller, wird dann der zuständige Beamte sich fragen. Im Keller des Hausbesitzers beziehungsweise seines Sohnes. Aha. Und was genau soll dort angeblich verborgen werden? Eine Ratte, so groß wie ein mittelgroßer Hund. Aha. Alles klar. Ein Fall für die runde Aktenablage links neben dem Pult.

Er ist gerade am Schneiden, unterhält sich nett mit Frau Wegmüller, gibt sich alle Mühe, sämtliche Gedanken an Ratten, Kanadier und leer stehende Häuser zu verdrängen, als eine Frau ins Geschäft kommt, die er noch nie gesehen hat. Und sein Gesichtsgedächtnis ist sehr gut.

Die Dame mit teurem Mantel, schicken halbhohen Schuhen und einer Handtasche, von der er vermutet, dass sie einen Wert im unteren vierstelligen Bereich hat, schaut sich in einer Art und Weise um, die ihm nicht passt. Sein erster Gedanke: Oha, eine neue Kundin! Toll. Sein zweiter: Was will die hier?

Er begutachtet sie vorerst nur via Spiegel. Hält es für besser, sich noch nicht nach ihr umzudrehen. Isabelle ist an diesem Morgen am Empfang. Ihr überlässt er es im Moment, herauszufinden, was das Anliegen der feinen Dame ist.

«David, kannst du bitte kommen?» Er ist nicht erstaunt, als er nur eine halbe Minute später Isabelles Stimme hört. Und was in dieser Stimme mitschwingt. Wenig Gutes.

David bittet seine Kundin um Nachsicht, es tue ihm leid, er mache sofort weiter. Sie nickt verständnisvoll.

Isabelle stellt ihm die Dame vor: «David, das ist Frau Dr. Sandra Lert.»

«Freut mich, Frau Lert, was kann ich für Sie tun?»

«Herr Friedrich. Ich bin die Rechtsvertreterin der Zelonika AG.» Sie drückt ihm eine Visitenkarte in die Hand. «Es geht um die Grellingerstraße 81.»

Er muss sich alle Mühe geben, sich zu kontrollieren. Die Dame strahlt eine kalte Arroganz aus, die ihn abstößt. Sie ist zwar teuer eingekleidet, gut frisiert und hat ein makelloses Auftreten, aber das hilft alles nichts. Die Antipathie ist fast greifbar. Er fasst sich. Gerade noch rechtzeitig.

«Haben wir einen Termin, Frau Lert?»

«Nein. Haben wir nicht. Aber die Angelegenheit ist wichtig und duldet keinen Aufschub.»

«Wer sagt das?»

«Ich.»

«Sie täuschen sich, Frau Lert. Wie Sie vielleicht sehen, bin ich an der Arbeit. Ob wichtig oder nicht: Ich habe jetzt keine Zeit für Sie.»

«Es wäre ratsam, Sie würden sich die Zeit nehmen. Herr Friedrich. Es geht um Ihre Zukunft.»

David ist kein Jurist. Er ist sich nicht sicher, ob diese sinistre Andeutung bereits den Tatbestand der Drohung erfüllt. Vermutlich um Haaresbreite nicht. Dafür ist diese Frau Dr. Lert zu geschliffen und zu raffiniert. Er ist sich jedoch ziemlich sicher: Er ist befugt, sie aus dem Geschäft zu verweisen. Denn er befürchtet, sie komme sonst noch auf die Idee, sich auf einen der Warteplätze zu setzen.

«Sehr geehrte Frau Dr. Lert. Ich bitte sie jetzt ganz höflich und mit meinen Angestellten als Zeuginnen, mein Geschäft umgehend zu verlassen. Sollte die Angelegenheit wirklich wichtig sein, rufe ich sie bei nächster Gelegenheit gerne an.»

Die Frau lässt sich nicht im Geringsten beirren. Ändert ihre Haltung in keiner Weise. Wird höchstens noch herrischer oder überheblicher. Sie zieht aus ihrer Handtasche ein Couvert der Größe A5 hervor und legt es demonstrativ auf die «Bibel», das schwarze Buch mit allen Terminen.

«Auf Wiedersehen, Herr Friedrich. Bis später.»

Alle im Geschäft verfolgen den Abgang der Frau. Als die Tür sich hinter ihr schließt, meint David zu spüren, wie sich eine kollektive Anspannung löst. Man verfolgt, wie Sandra Lert mit kurzen, stakkatohaften Schritten an der Glasfront des Geschäfts vorbeigeht und sich in Richtung Malzgasse oder Kunstmuseum entfernt. Und dann schauen alle ihn an.

David zuckt nur mit den Schultern. Er weiß nicht, was er sagen soll. Soll er vor der Kundschaft freimütig bekennen, was dieser Auftritt war? Eine Einschüchterung? Eine Drohung? Soll er gar nichts sagen?

Seine Augen fallen auf das zurückgelassene Couvert. Aber in seiner Hand hält er die messerscharfe Schneideschere.

Marie-Jo macht eine kurze Bewegung mit ihrem Kopf, die er sofort richtig deutet. «Mach weiter.»

Er braucht ein unglaubliches Maß an Disziplin und Selbstkontrolle, wieder zu Frau Wegmüller zurückzukehren und sich auf seine Arbeit zu konzentrieren. Er weiß: Lange ist er nicht mehr beschäftigt. Noch zwanzig Minuten, wenn es hochkommt. Und er ist froh, dass Frau Wegmüller dort sitzt und nicht Frau Trist oder eine andere ihrer Sorte, die es nicht dulden würden, dass er sich nicht einzig und allein um ihre Frisur kümmert, sondern möglicherweise jetzt gerade ein bisschen abgelenkt ist.

Was er auch weiß: Wenn die Zelonika eine scharfe Anwältin vorbeischickt und diese Anwältin demonstrativ ein Couvert bei ihm im Laden hinterlässt, haben die irgendetwas gegen ihn in der Hand. Aber was ihn etwas überrascht, weil er damit nicht gerechnet hat: Es ist nicht Rolande Laverriere – oder allenfalls sein Vater –, der die Lert angeheuert hat, sondern dessen ehemalige Firma. Warum?

Und noch während er Frau Wegmüller die Haare schneidet – sie schaut ihn zwischendurch im Spiegel an, und er sieht, dass sie genau weiß, wie aufgewühlt er ist –, beginnt er ein paar erste Fäden miteinander zu verknüpfen: Wenn die Zelonika sich einmischt, wenn Frau Lert sogar ausdrücklich von der Grellingerstraße redet – vor Zeuginnen –, dann hat die Zelonika auch Kenntnis davon, was sich dort im Haus verbirgt.

Verdächtigt

David ist nicht überrascht, als Eddie kurz vor Mittag ins Geschäft kommt. Kreidebleich. Selbst Marie-Jo, ihm sonst alles andere als freundlich gesinnt, unterlässt es unter diesen Umständen, irgendeine dumme Bemerkung zu machen.

«Wir müssen reden, David.»

«Ich weiß.»

«Nein, du weißt nicht ...»

«Frau Dr. Lert!»

«Du weißt doch.»

«Ja, sie war vor anderthalb Stunden hier.»

«Mich hat sie während meiner Tour angehalten.» Er zupft ein gefaltetes A5-Couvert aus der Innentasche seiner Postuniform.

«So eins habe ich auch gekriegt.»

Isabelle, Anuschka und Marie-Jo sind schon wieder abgelenkt. Gut nur, dass mittlerweile andere Kundinnen bedient werden, die den Zusammenhang nicht kennen oder verstehen.

«Hast du dir angesehen, was drin ist?», fragt Eddie.

«Ja, kurz. Ich bin ja bei der Arbeit.»

«Und was machen wir?»

«Ich habe vermutet, dass du auftauchen wirst, und habe kurzfristig zwei Termine verschoben. Komm um 16 Uhr, wenn du das einrichten kannst.»

Eddie steht schon zehn vor vier im Laden. Er ist immer noch bleich, für seine Verhältnisse. Und offensichtlich so durcheinander, dass ihm Isabelle, ohne zu fragen, einen starken Espresso hinstellt. Ohne Zucker. Schwarz.

David ist dabei, seinen Arbeitsplatz aufzuräumen. Er versorgt die Scheren, stellt alle Flaschen und Lotionen wieder sauber in eine Reihe und geht dann ins Büro. Er holt das Couvert von Frau Lert, zieht im Rückraum, dort wo die Waschmaschine steht und wo seine Leute ihren Spind haben, den Mantel an, verabschiedet sich, winkt Eddie, ihm zu folgen. Erst als sie nicht mehr in Sichtweite des Geschäfts stehen, sagt er: «Gopferdammi!»

«Da hast du recht», bestätigt Eddie. «Was für eine Riesenscheiße. Hast du die Fotos gesehen? Und die Fingerabdrücke? Wir sind zwei riesige Idioten, David, wirklich.»

«Ja, ich weiß. Warum genau haben wir keine Handschuhe getragen? Weshalb gingen wir davon aus, dass uns niemand auf die Schliche kommt?»

Sie gehen zu Eddie heim, weil das am nächsten ist. Es ist ein kalter Januarnachmittag, aber trocken. Eddie will zwar schon auf der Straße anfangen zu diskutieren, doch David hält warnend einen Zeigfinger vor den Mund. «Nicht hier!»

An der Angensteinerstraße angekommen, reicht ihm Eddie als Erstes ein kaltes Bier. Dann vergleichen sie den Inhalt der beiden Couverts. Er ist identisch. Fotos von ihnen beiden, die am 2. Januar entstanden sein müssen, als sie sich getroffen haben, um noch einmal die Ereignisse des 26. Dezember Revue passieren zu lassen.

Diese Aufnahmen sollen wohl dokumentieren, dass eine enge Verbindung zwischen David Friedrich und Eduardo Armando Fontanella besteht. Des Weiteren: Fingerabdrücke, von denen behauptet wird, dass sie aus der «Küche der Liegenschaft Grellingerstraße 81, 4052 Basel» stammen. Als Vergleich dazu Fingerabdrücke von ihnen beiden.

«Wie sind die an unsere Fingerabdrücke gekommen?»

«Keine Kunst, Eddie. Bei dir sowieso nicht. Du hinterlässt sie täglich hundertfach auf der Post, die du verteilst. Es sei denn, du hast immer Handschuhe an?»

«Nein, natürlich nicht! Und deine?»

«Sicher auch nicht so schwer. Vermutlich beobachten die uns seit dem 27. oder 28. Dezember. Wenn die ein paar gute Detektive auf uns angesetzt haben, schnappen sich die mal in einer Beiz oder einer Bar ein Glas, aus dem ich getrunken habe, oder eine der Kundinnen im Geschäft war fake und hatte nur die Absicht, mir irgendwas zu reichen, das ich anfasse. Und eins, zwei, drei haben die auch meinen Abdruck.»

David trinkt fast mit einem einzigen Schluck das halbe Bier. Eddie starrt ins Leere.

«Verdammte Scheiße. Was können die uns beweisen? Einbruch, Sachbeschädigung ... Was noch?»

«Weshalb Sachbeschädigung?»

«Das Gitter vor dem Kellerfenster!»

David schnauft tief. «Mehr wohl nicht. Aber das reicht.» Dann leert er die Flasche. Und Eddie merkt, wie seinen Freund plötzlich Zuversicht durchströmt. «Weißt du, was mir erst jetzt auffällt, Eddie?»

«Nö.»

«Mit diesen Beweisen hätten die doch längst zur Polizei gehen können.»

«Stimmt.»

«Warum tun sie das nicht?»

«Weil es illegal ist, sich unsere Fingerabdrücke zu beschaffen?»

«Das weiß ich nicht. Vielleicht. Aber ich glaube, ich kenne den wahren Grund: Die haben gar kein Interesse daran, die Polizei einzuschalten! Denk doch mal nach: Da steckt nicht Laverriere dahinter, sondern die Zelonika. Frau Dr. Arschloch

Lert hat ja eindeutig klar gemacht, dass sie im Auftrag der Zelonika handelt.»

«Das heißt, die wollen uns vor allem einschüchtern. Und sie sind vielleicht auf einen Deal aus.»

«Ganz genau.»

«Und was machen wir?»

«Ich ruf jetzt diese arrogante Frau Anwältin mit ihren kurzen, krummen Beinen und ihrem unförmigen, dicken Schädel an und frage, was sie von uns will!» Und noch während er spricht, tippt er die Nummer, die er von der Visitenkarte abliest, in sein Handy.

Vereinbarung

Es wird Montag, bis Eddie und er bei Frau Lert in der Kanzlei sitzen. Am Freitag hatte David zu viel zu tun. Es war ihm unmöglich, während des Tages eine Stunde freizuschaufeln. Und am Vormittag um 9 Uhr war der Frau Anwältin zu früh gewesen.

Die paar Tage Zeit haben Eddie und er genutzt, um sich zu fassen. David hat seinem Freund endlich vom Tagebuch erzählt. Und sie haben sich ihren Reim darauf gemacht. So sitzen sie auch nicht wie zwei verstörte Schulbuben, die vor den Rektor und den Klassenlehrer zitiert worden sind, in den Stühlen am Besprechungstisch bei Lert, Fuscher und Grimmelspfuhl an der Bäumleingasse.

Lert gibt sich aber alle Mühe, sie gleich wieder einzuschüchtern. Sie hat die Miene eines bösen Weltenrichters aufgesetzt, wippt mit den Füßen, lässt den Kugelschreiber – ein Markenprodukt mit einer Gravur – zwischen den Fingern kreisen und verwendet ein Baseldeutsch in der typisch schneidenden, schnippischen und leicht ironischen Tonlage, die nur gewissen alteingesessenen Familien der Stadt eigen ist. Die Botschaft: Sie sind eine Wanze, und ich kann Sie jederzeit zerquetschen.

Lerts Assistentin, die die beiden Besucher in das Sitzungszimmer geleitet hatte, musste sich, als die Frau Doktor dazustieß, schleunigst und möglichst flach an die Wand drücken, sonst wäre die Lert einfach durch sie hindurchgegangen. Als wäre sie Luft.

«Die Herren Friedrich und Fontanella, also», sagt Lert, hüstelt. «Hmm. Sie sehen, lieber Herr Friedrich, wie recht ich damit hatte, dass wir uns schnell wiedersehen. Ich war mir absolut sicher, sie würden, mit ein bisschen extra Bedenkzeit – was mich nicht überrascht – zur Einsicht gelangen, dass es unvermeidlich ist, sich mit unserer Sicht der Dinge auseinanderzusetzen.»

«Ihrer Sicht welcher Dinge, Frau Lert?», unterbricht David die Juristin.

Sie ist sichtlich indigniert. Sieht ihn an, als sei es zum ersten Mal in ihrem Berufsleben geschehen, dass ein Gegenüber es wagte, frühzeitig dazwischenzugehen. «Unsere Sicht der Dinge ist, dass sie sich beide eindeutig strafbar gemacht haben. Und nicht wegen irgendwelcher Bagatellen. Sie verstehen? Kleinigkeiten. Klar beweisbar sind Einbruch, Sachbeschädigung, möglicherweise auch Diebstahl und Hausfriedensbruch.» Sie legt den Kugelschreiber nun vielsagend auf den Aktenordner, den sie mitgebacht hat.

Eddie sagt nichts.

David sagt nichts.

«Sie sagen nichts? Gut. Ich werden Ihnen das weitere Vorgehen unsererseits kurz umreißen: Zelonika, in deren Auftrag ich dieses Mandat, also diesen Auftrag, übernommen habe, wird, selbstverständlich in Absprache mit Herrn Professor Rolande Laverriere, die Beweise – von deren Existenz ich Sie beide am Donnerstag letzter Woche persönlich in Kenntnis gesetzt habe – den geeigneten Stellen übergeben.»

«Genau das will doch Zelonika gar nicht, liebe Frau Lert, oder?», sagt David. Höflich. Cool. Gelassen.

«Wie kommen Sie darauf?»

«Sonst würden Herr Fontanella und ich jetzt nicht in Ihrer Kanzlei auf unbequemen Stühlen sitzen, Frau Lert. Wir würden stattdessen von Polizeibeamten im Waaghof auf Polizeistühlen und unter Einhaltung der Polizeiregeln – also getrennt vermutlich – befragt werden. Reden wir doch offen miteinander ...»

Lert, sichtlich aus dem Konzept gebracht, weil sie wohl damit gerechnet hat, einen Coiffeur und einen Pöstler ohne Weiteres in den Senkel stellen zu können, nimmt den teuren, blöden Kugelschreiber erneut in die Hand und lässt ihn wieder kreisen.

«Offen?»

«Offen. Herr Fontanella und ich wissen ganz genau, was Herr Laverriere in der Grellingerstraße 81 gefangen hält. Wir wissen zwar nicht, wie er es geschafft hat, eine Ratte zu züchten, die so groß ist wie ein mittelgroßer Hund, wir wissen auch nicht, wie er es geschafft hat, dass diese Ratte – sie heißt übrigens Mardos – weit über das normale Lebensalter hinaus ihre Tage fristet. Aber wir können uns ausmalen, dass dieses Tier etwas mit seinen Forschungen damals als Mitarbeiter der Zelonika zu tun hat. Wenn Sie uns jetzt tatsächlich der Basler Polizei übergeben, läuft Zelonika Gefahr, dass Wissen an die Öffentlichkeit gerät, das wohl kaum für ein größeres Publikum gedacht ist. Sehe ich das so mehr oder weniger richtig?»

Lert, die Augenkontakt vermeidet, beginnt nun in den Unterlagen zu blättern, als wären daraus auf die Schnelle neue Kenntnisse zu gewinnen.

«Ihr Schweigen deute ich als ein Ja. Wird es zu einem Prozess kommen, werden Herr Fontanella und ich uns gezwungen sehen, Bilder dieses Tieres der Presse zukommen zu lassen.»

Eddie rutscht ein wenig nervös auf seinem Stuhl zur Seite, schaut David mit großen Augen an, sagt aber nichts. David weiß genau, weshalb Eddie staunt. Weder er noch der Pöstler sind im Besitz solcher Fotos. Das einzige Foto, das er hat, zeigt lange, tiefe Kratzspuren auf einem Holzboden. Furchtbar aussagekräftig ... Aber Frau Lert braucht davon nichts zu wissen.

Einen Augenblick lang sagt niemand etwas. Lert sitzt – nun gänzlich bewegungslos – in ihrem bequemen Stuhl. David und Eddie auf den eindeutig billigeren, härteren und älteren Varianten desselben Modells. Nur sind sie nicht bewegungslos. David kratzt sich am Hals, als hätte er die Krätze, und Eddie nimmt sein Smartphone und legt es mit der Rückseite nach oben auf den Tisch. Fast so, als verfüge er auch über Beweismittel.

«Und, übrigens: Wir haben diese Fotos so abgespeichert und hinterlegt, dass sie auf jeden Fall in die richtigen Hände geraten, selbst wenn uns beiden etwas zustoßen sollte.»

Eddie wagt es dieses Mal nicht, David wieder einen fragenden Blick zuzuwerfen. Er staunt insgeheim, dass dieser mit einer derartigen Kaltschnäuzigkeit Lügen auftischt.

David fällt etwas ein. Und ohne groß darüber nachzudenken – das ist auch kein Punkt, den er und Eddie am Wochenende gemeinsam abgesprochen haben – lässt er den Versuchsballon steigen: «Ich bin ja kein Jurist, wie Sie sicherlich wissen, Frau Lert, aber es stellt sich mir die Frage, inwiefern es überhaupt rechtens ist, uns im Namen der Firma Zelonika irgendwelche Vorhaltungen zu machen ...»

«Ich ...»

«Rolande Laverriere hat meines Wissens nie für die Zelonika gearbeitet – auch nicht für die Vorgängerfirmen vor der Fusion – und im Grundbuch ist Herr Reinhold Laverriere als Besitzer der Liegenschaft Grellingerstraße 81 eingetragen. Darf ich Sie also bitten, mir zu erklären, wie die Firma, von der Sie behaupten, sie uns gegenüber zu vertreten, überhaupt dazu kommt, sich einzumischen?»

«Sehr geehrter Herr Friedrich», die arrogante Kuh hat sich gefangen und setzt nun alles daran, wieder das Heft an sich zu reißen. «Es tut doch überhaupt nichts zur Sache, ob Reinhold, äh, entschuldigen Sie, ob Rolande Laverriere oder

Zelonika den Behörden diese Beweismittel», sie klopft demonstrativ auf den Aktenordner, «der Polizei überreichen wird. Wir wurden ermächtigt, uns der Sache anzunehmen. Über die Hintergründe muss ich Sie selbstverständlich nicht in Kenntnis setzen. Es soll reichen, dass ich Ihnen versichern kann, dass diese Vollmacht existiert.»

Wieder Schweigen.

«Wollen Sie uns nicht einfach sagen, weshalb wir eigentlich hier sind, Frau Doktor Leer, Tschuldigung, Lert.»

Erbost sieht sie ihn an. Dann Eddie. Sie scheint sich sicher zu sein, dass das nicht bloß ein dummer Versprecher von David war, sondern eine gezielte Provokation. Doch soll sie darauf reagieren? Sie ringt mit sich, man sieht es ihr an. David und Eddie beobachten sie neugierig.

«Es ist tatsächlich so, Herr Friedrich und Herr Fontanella, dass wir im Moment davon absehen werden, eine Sache ins Rollen zu bringen, die sich nachher vielleicht nicht mehr bremsen lässt. Unser Vorschlag lautet deshalb, dass wir von unseren Beweismitteln keinen Gebrauch machen, wenn Sie uns im Gegenzug schriftlich versichern, Stillschweigen darüber zu wahren, was sie in der Grellingerstraße 81 gesehen haben.»

«Würde das nun, technisch gesehen, den Straftatbestand einer Erpressung erfüllen?», fragt Eddie.

Lert schaut ihn ungläubig an. Es ist das erste Mal, dass sich der Pöstler zu Wort meldet. Vermutlich hält sie ihn für zu doof, überhaupt einen zusammenhängenden Satz zu formulieren. Sie schüttelt sich rasch, wie ein Hund, der Wasser im Fell loswerden muss. Ein kathartisches Schütteln, sozusagen. Dann werden ihre Lippen schmal, ihre Stimme wird schneidend, ihre gräulichen Augen verengen sich. David erinnert sie an eine Ratte.

«Sollten wir uns vielleicht mal Ihre Wohnsituation etwas genauer anschauen, Herr Fontanella? Dem Umstand unsere Aufmerksamkeit widmen, dass Sie es sich mit dem Lohn eines einfachen Postbeamten leisten können, eine Zweizimmer-Wohnung an der Froburgstraße zu mieten und an der Angensteinerstraße zu wohnen? Wobei unklar ist, was für eine Nutzungsform dort zur Anwendung kommt? Was meinen Sie, sollen wir uns einmal kundig machen, ob Sie dort eigentlich Mieter oder sogar Eigentümer sind?»

Eddie hat nicht mit dieser Konterattacke gerechnet. Aber er fängt sich wieder: «Was geht Sie das an?»

«Was geht Sie an, was Herr Laverriere in seiner Liegenschaft macht? Wie kommen Sie beide dazu, sich illegal Zutritt zu verschaffen? Und auf der Rückseite des Hauses mutwillig bauliche Installationen zu zerstören?»

Eddie schweigt.

David schweigt.

Lert schweigt.

«Können wir uns also auf eine Art Waffenstillstand einigen, geschätzte Frau Lert?», fragt David schließlich. «Ein Patt. Oder eine Stillschweigevereinbarung. Ganz egal, wie Sie es nennen wollen.»

Lert schaut ihn an. David kann sich täuschen, aber er sieht jetzt zum ersten Mal einen Funken Respekt in ihrem Blick. Vielleicht nicht gerade Wertschätzung, aber zumindest Anerkennung.

Sie sagt immer noch nichts.

«Ich gehe davon aus, Frau Lert, dass Sie uns die Beweise, die Sie für stichhaltig erachten, nicht überlassen werden. Gehen Sie bitte im Gegenzug davon aus, dass Herr Fontanella und ich keinen Gedanken daran verschwenden, unsere Bilder und einen quasi eidesstattlichen Bericht zu den Geschehnissen am Abend des 26. Dezember 2023 zu löschen oder zu widerrufen. Gehen Sie ebenfalls davon aus, dass beides bei meinem Anwalt, Herrn Dr. Gruber an der Malzgasse, hinterlegt ist. Und, zu guter Letzt: Unterschreiben werden weder Herr Fontanella noch ich irgendetwas.»

Fünf Minuten später stehen Eddie und er draußen auf der Straße.

«Schwitzt du auch so unter den Armen?», fragt David.

«Brutal. Hast du wirklich Dokumente bei diesem Herrn Dr. Gruber hinterlegt? Gibt es den überhaupt?»

«Komm, wir gehen ein paar Schritte, nicht dass uns jemand zuhört.» Fünf Hausnummern später sagt er: «Selbstverständlich gibt es Herrn Gruber. Der hat schon meinen Vater beraten!»

«Aber es ist nichts hinterlegt?»

«Selbstverständlich nicht.»

«Hast du diese Scheißratte überhaupt fotografiert?»

«Sicher nicht. Es gab ja keine Gelegenheit.»

«Schade. Aber gut geblufft. Chapeau.»

«Gut mitgespielt, Eddie. Aber sag mal: Was ist eigentlich dein genaues Wohnverhältnis an der Angensteinerstraße?»

Eddie boxt ihn – mit etwas mehr Energie als unbedingt nötig – in den Oberarm. Schmunzelt nur.

«Ein Guinness?»

«Zwei.»

Vergangenheit

Ein sonniger Tag im Januar. David hat das Licht in diesem ersten Monat des Jahres immer schon gefallen. Er findet es heller und reiner als in den Sommermonaten, weniger flirrend. Und es hat eine andere Qualität als im Frühling oder im Herbst, wenn es gesättigter wirkt, voller und reifer.

Ob er dafür sein ihm neuerdings zur Verfügung stehendes Geld ausgeben soll? Für ein Atelier? Dann könnte er wieder seine Staffelei aufstellen und müsste nicht jeden Abend, wenn das Tageslicht zur Neige geht, alles wegräumen. Die Farbtuben zuschrauben, nachdem er deren Gewinde sorgfältig von allen Resten befreit hat, damit sie nicht verkleben. Nicht den Fußboden mit alten Betttüchern vor Farbklecksen schützen, nicht seinen großen Tisch belagern mit Skizzen, gebrauchten Lappen und all dem Krimskrams, der nun mal für das Malen unerlässlich ist. Nicht fürchten müssen, dass er wegen der Terpentindämpfe Kopfweh bekommt.

Das Bergell-Bild, das er im März angefangen hat, ist fast fertig. Er hat eine kleine Variante mit den Pastellkreiden hingekriegt, die ihm ordentlich gut gefällt. Somit ist ihr Überleben (vorerst) gesichert. Denn alles, was ihm ein, zwei Wochen nach Fertigstellung nicht mehr gefällt, wird zerrissen oder – wenn es aus Öl ist – früher oder später übermalt.

An diesem blauhellen Montag mit dieser kalten, trockenen Luft legt er eine CD ein, die er vor Jahren selbst gebrannt hat. Da war er ganz neu in Berlin, musste lernen, in der Großstadt Fuß zu fassen, hatte wechselnde Freundinnen, und in den Phasen dazwischen fühlte er sich manchmal einsam, manchmal ekstatisch, und das war auch die Zeit, als er anfing zu malen. Er nahm eines Tages zur Kenntnis, dass er die intensiveren (kurzen) Beziehungen oft mit einem Lied verband. «Scientist» von Coldplay, «Pancho and Lefty» von Townes Van Zandt – das ihm auch heute noch stets so tief einfährt, dass er heulen könnte.

Er weiß nicht genau, welches Bild in ihm schlummert, aber er weiß, dass er nicht länger Lust auf die Pastellkreiden hat. Die Intensität der Ölfarben ist eine andere, und er spürt diese Intensität in sich.

Nach der Nacht in der Grellingerstraße 81, nach der Lektüre der Aufzeichnungen von Catherine Laverriere und nach dem Besuch bei dieser dummen Kuh Lert schlummert in ihm etwas Dunkles, etwas Unheimliches. Ein Bild mit viel Schwarz und wenigen, aber dafür extrem hellen Stellen, die herausstechen müssen. Das ist mit den Kreiden nie und nimmer zu schaffen.

Das Problem mit den Ölfarben ist ihr intensiver Geruch. Trotzdem. Er stellt eine quadratische Leinwand auf die Staffelei, zieht sich diese alten Songs rein, genießt nun doch den Rest des freien Tages. Es ist viel zu früh für einen Whisky, aber er streckt sich auf der Polstergruppe der Länge nach aus, lässt die Seele baumeln und würde jetzt gerne mit Leonie schöne Stunden verbringen. Sie ist zurück aus den Winterferien in Malta, aber er hat – unter Vorschiebung einiger fadenscheiniger Gründe – ihr mitgeteilt, er könne sich erst Ende der Woche mit ihr verabreden.

Der wahre Grund: Er muss sich erst klar werden, was von all dem, was er und Eddie erlebt haben, überhaupt nach außen getragen werden soll – oder kann. Als offener, gesprächiger Mensch und Coiffeur fällt es ihm schwer, das allein zu verarbeiten. Eddie ist zwar ein guter Sparringpartner, aber eigentlich drängt ihn danach, es der Welt mitzuteilen, was er mit Laverriere und Mardos erlebt hat.

Leonie ist noch zu neu. Er weiß nicht, was aus der Sache wird. Kann er ihr bereits vertrauen? Ist es nicht viel klüger, einfach den Mund zu halten?

Im Geschäft, das ist der nächste Gedanke, kann er morgen für Beruhigung sorgen. Der Auftritt dieser eingebildeten Anwältin steckt noch allen in den Knochen. Das ist ihm bewusst. Diese unverhohlene Drohung sitzt tief.

«Handle with Care» von den Travelling Wilburys, «Sally Ann» von Natalie Merchant – die Frau mit der schönsten Singstimme, die er kennt – und «Far Far Away From My Heart» von den Bodeans. Für einen Moment fallen ihm fast die Augen zu. Er sieht sich wieder in Maine, bei Onkel Charlie 1999. Da war er 25 Jahre alt. Sechs Monate war er in den USA unterwegs gewesen, hatte sich während seines ersten Jobs – nicht beim Vater im «Haargenau»! – Geld zusammengespart und sich anschließend diesen Traum erfüllt. Es war ein anderer David gewesen, dort. Damals.

«Anchored Down in Anchorage» von Michelle Shocked. David ist ganz bei sich. Die Musik tut ihm gut. Man soll zwar nicht in der Vergangenheit leben, aber die Vergangenheit trägt stets auch ihren Teil dazu bei, die Weichen zu stellen.

«But you know you're in the largest state in the union, when you're anchored down in Anchorage.»

Hmm. Er setzt sich ruckartig auf, dreht die Musik leise, lässt sich den Gedanken noch einmal durch den Kopf gehen. Das Internet ist eine wunderbare Einrichtung. Er braucht nur Sekunden, um sich Informationen zu besorgen, für die er früher Tage oder Wochen hätte investieren müssen.

Er googelt: Rolande Laverriere, Alaska, Pam. Nur diese drei Suchbegriffe. Und er erhält: University of Juneau, English Departement und Sitka. Und dann googelt er weiter. Es gibt einen Professor für Englische Literatur namens Rolande Laverriere in Sitka, 53 Jahre alt, verheiratet, drei Kinder, die

Frau heißt Pamela. Und was hatte Catherine Laverriere in ihren Aufzeichnungen geschrieben? «R. und Pam bleiben noch in Alaska.» Was, wenn sie immer dort geblieben sind? Aber wer ist in dem Fall der Roland – oder Rolande – Laverriere, der an der Engelgasse wohnt?

Er ruft Eddie an. Niemand nimmt ab. Hat er nicht etwas von einer Raphaela erzählt, mit der verabredet sei? Und in den höchsten Tönen von ihr geschwärmt: «Weißt du, wir hatten schon zwei Mal eine Beziehung. Damals in der Schule und dann vor etwa zehn Jahren wieder. Sie ist toll, David, aber wir brauchen diese Auszeiten, um wieder zu merken, wie gut wir zusammen sind, wie gut wir füreinander sind.» Alles klar. Der wird auch in zehn Minuten, einer Stunde oder drei Stunden nicht zu erreichen sein.

Deshalb ruft er Tess an. Auch in Berlin ist Montag. Auch in Berlin haben die meisten Friseursalons – und damit auch die «Schneiderei» – geschlossen.

«Davi, schön, dass du auch wieder einmal an mich denkst.»

«Ich denk oft an dich, Schatzi.»

«Merk ich irgendwie gar nicht so.»

«Es war halt ein bisschen was los hier zwischen Weihnachten und Neujahr ...»

«Was los? In Basel? Kann nicht sein. Komm, erzähl. Hat sicher was mit diesem Eddie zu tun. Oder mit der Frau, die ihre Haare verliert, weil sie sich von der künstlichen Intelligenz verfolgt fühlt?»

«Meredith? Nein, von der habe ich seit gut einem Monat nichts mehr gehört. Man munkelt, sie sei in der Psychiatrischen. Übrigens. Wegen der sich selbstständig machenden Siri. Weißt du, was ich heute in der Zeitung gelesen habe?

«Nee. Sag.»

«Da hat einer in England oder in Amerika was Ähnliches erlebt wie meine Kundin. Der kam von der Arbeit nach Hause und hörte, wie sein Amazon-Sprachassistent bruchstückhafte Befehle ausspuckte, die anscheinend auf seinen früheren Interaktionen mit dem Gerät beruhten. Es schien Anfragen auszuspucken, um Zugtickets für Reisen zu buchen, die er bereits unternommen hatte, und um Fernsehsendungen aufzunehmen, die er bereits gesehen hatte. Aber der Typ hatte seine Alexa gar nicht aktiviert, und nichts, was er sagte, konnte das Gerät wieder stoppen. Unheimlich, oder?»

«Du meinst, sie spinnt vielleicht gar nicht, deine Merediss?»

«Vielleicht hab ich ihr wirklich Unrecht getan. Mir passieren im Moment allerlei Dinge, die ich mir nicht wirklich erklären kann.»

«Womit du jetzt vermutlich auf das überleitest, was du mit Eddie über Weihnachten erlebt hast.»

«Helles Köpfchen. Ja, ich hatte mit Eddie ein kleines Abenteuer zu bestehen ...»

«Abenteuer?»

«Nicht, was du jetzt wieder denkst. Eine Geschichte mit vielen Wendungen und voller Gefahr, sozusagen. Auch ein bisschen unerklärlich, wie die Sache mit der frei denkenden Alexa.»

«Ich sag dir, Davi, die Dinge sind nicht immer so, wie sie scheinen! Es gibt mehr zwischen Himmel und Erde, als unser Verstand erkennt.»

«Wem sagst du das?»

«Wie auch immer, mein Lieber. Diesen Eddie musst du mir unbedingt mal vorstellen. Der klingt interessanter als Basel generell. Aber komm, erzähl endlich, was war denn los?»

«Kann ich dir jetzt nicht kurz und knapp zusammenfassen. Ich berichte dir ein anderes Mal. Für den Moment musste ich nur einfach eine vernünftige Stimme hören.»

«Das fass ich jetzt nicht. Du ziehst mir zuerst den Speck durch den Mund und wimmelst mich eine Minute später ab? Vertröstet mich auf bessere Zeiten? Du weißt schon, dass das nicht geht?»

«Okay. Hast du denn Zeit? Und kannst du dichthalten?»

«Ich zweifle immer stärker daran, ob Basel dir guttut, Davi. Du veränderst dich in eine Richtung, die mir nicht gefällt. Wir haben uns vielleicht auch einfach zu lange nicht gesehen. Aber klar halte ich dicht. Und klar hab ich Zeit. Sonst hätte ich dich klingeln lassen. Weiß ja, dass wir meist eine Stunde quatschen. Wenn du dich denn mal meldest.»

Und so weiht er Tess ein. Und weiß eine Stunde später ganz genau, was er tun muss.

Verschlagen

Die Zeitdifferenz zwischen Basel und Sitka beträgt neun Stunden. Sitka ist eine kleine, hübsche Küstenstadt im Süden von Alaska. Auf einer Insel gelegen. Juneau ist 95 Kilometer entfernt und liegt auf dem Festland. Auf einem schmalen Streifen Alaska, hinter dem sehr, sehr viel Kanada sich fast endlos erstreckt. Es gibt mehrere Flüge täglich von Sitka nach Juneau, oder man verkehrt zwischen den beiden Städten per Boot.

David probiert es zuerst unter der Telefonnummer, die er für die Privatadresse von Rolande Laverriere findet. Doch dort läuft nur ein Band: Die Laverrieres seien gerade nicht zu Hause, man möge doch eine Nachricht hinterlassen. David wartet den Piepston nicht ab, sondern legt auf. Und wählt die Nummer des English Department an der University of Alaska in Juneau. Man ist sehr freundlich und verbindet ihn.

Rolande Laverriere ist erstaunt, einen Anruf aus Basel zu erhalten. David verzichtet darauf, ihm die Geschichte zu erzählen, die er zusammen mit Eddie in der Grellingerstraße 81 erlebt und erlitten hat. Wie er dieses nicht ganz einfache Gespräch führen wird, hat er sich im Vorfeld gut überlegt. Was er sagen will und was nicht.

Laverriere ist sehr skeptisch. Abweisend. Warum er denn wissen wolle, ob er *der* Rolande Laverriere sei, der als junger Mann ein paar Jahre in Basel gelebt habe? David bringt Frau Hagenbach und deren Tod ins Spiel. Er sagt nicht, dass er ihr Coiffeur war, sondern bezeichnet sich als «Freund des Hauses». Frau Hagenbach habe ihm etwas übergeben – wenigstens das stimmt –, das er nun gerne schon in den nächsten Tagen an ihn, Rolande Laverriere, weiterreichen wolle. Das stimmt nicht, denn diese Aufzeichnungen werden für Eddie und ihn in unmittelbarer Zukunft wohl noch wichtig sein.

«Und wie haben Sie mich gefunden?»

«Weil sich Frau Hagenbach daran erinnert hat, dass sie in Alaska sind. Oder sein könnten. Ihre Mutter hatte Frau Hagenbach vom Besuch in Anchorage erzählt.»

«Aber das ist viele, viele Jahre her. Mir kommt das merkwürdig vor.»

David ballt im Triumph seine Faust. Eigentlich braucht Rolande Laverriere gar nicht mehr zu sagen. Es ist ihm jetzt schon klar, dass seine Vermutung richtig ist. Aber er macht trotzdem noch weiter: «Dann stimmt es also: Sie sind der Sohn von Catherine Laverriere?»

«Ja.»

«Und Ihr Vater ist Reinhold Laverriere?»

«Über meinen Vater will ich nicht reden, Herr Friedrich. Sie haben mich ja gefunden, Sie kennen meine Adresse, vermutlich wissen Sie auch, wo ich wohne. Ich kann mich an Frau Hagenbach erinnern. Schicken Sie mir doch einfach, was sie mir vermacht hat. Ich danke Ihnen.»

Er beendet das Gespräch abrupt. David könnte es jetzt auf das wenige Tageslicht in Sitka im Januar zurückführen, das dieses schlechte Benehmen provoziert. Oder auf die Gene. Vielleicht sind alle Laverrieres so barsch. Er hat eine andere Theorie: Rolande und Reinhold Laverriere sind alles andere als gut aufeinander zu sprechen, und vermutlich hat das mit dem Tod von Catherine Laverriere zu tun.

Aber: Wenn doch Rolande – definitiv mit e am Ende, wie nun feststeht – seit Jahren mit Frau und Kindern in Alaska lebt, wer ist denn der Roland oder Rolande Laverriere an der Engelgasse?

David hat einen Verdacht. Aber der ist fast zu absurd, um wahr zu sein. Obwohl er von der Hoffnungslosigkeit seines

Unterfangens überzeugt ist, versucht er es noch einmal bei Eddie. Aber der ist unerreichbar an diesem Abend.

Egal. Er kann den nächsten Schritt auch so schon mal vorbereiten. Er geht in sein Büro, öffnet das Fach seines Wandschranks, in dem er Couverts und Briefpapier aufbewahrt, zupft das Notwendige heraus und schreibt ein paar Zeilen.

Versuch

Drei Tage später klingelt Eddie an der Haustür der Engelgasse 92. Er rechnet damit, dass ihn Laverriere erkennen könnte. Aber das ist ihm egal. Soll er doch. Er ist der Pöstler im Quartier, er hat einen eingeschriebenen Brief zu übergeben und zudem gilt ja diese Vereinbarung mit Frau Dr. Lert.

Es dauert einen Moment, und Eddie will bereits zum zweiten Mal klingeln, da sieht er durch das Glas in der Eingangstür, wie sich ein Schatten nähert.

Laverriere lässt sich nichts anmerken, als er ihm gegenübersteht. Weiß er, wer Eddie ist? Kommt ihm jetzt vielleicht in den Sinn, dass er den Pöstler in jener Nacht, in der er kurz hintereinander zwei Mal an die Grellingerstraße 81 gehen musste, an der Ecke im Regen hat stehen sehen, mit dem Handy am Ohr? Vermutlich nicht. Es war dunkel, Eddie hatte die Kapuze über den Kopf gezogen, und er hatte das Gesicht mehr oder weniger abgewandt. Die zweite Möglichkeit, weshalb er ihn nun wiedererkennen könnte: Frau Dr. Lert hat ihm Fotos von Eddie und David gezeigt. Das liegt näher.

Doch Laverriere lässt sich nichts anmerken. Eddie sagt ihm, er müsse den Empfang bestätigen, und hält ihm einen Stift und das Tablet zum Unterschreiben hin. Ja, die Schweizer Post ist modern. Alles elektronisch.

Und so sieht Eddie, dass Laverriere die Fingerkuppe am kleinen Finger der rechten Hand fehlt.

Er muss sich zusammenreißen. Aber er hält sich an den Plan, den David und er geschmiedet haben. Sagt keinen Ton. Hofft, dass er seine Mimik unter Kontrolle hat, steckt das Tablet ungerührt wieder in die Tasche, wünscht Laverriere einen schönen Tag und verabschiedet sich.

Fünf Stunden später, am Donnerstag, 11. Januar, Punkt 16 Uhr, sitzen der Coiffeur und der Pöstler wieder im Besprechungszimmer der renommierten Basler Anwaltskanzlei Lert, Fuscher und Grimmelspfuhl. Sie sind kein bisschen freundlicher empfangen worden als beim ersten Mal. Immerhin war es wieder die hübsche Assistentin, die sie ins Zimmer begleitet, sich aber bedauerlicherweise gleich wieder verabschiedet hat.

Frau Dr. Sandra Lert mustert sie kritisch, als sie zehn Minuten später – war das eine Machtdemonstration? – ins Zimmer kommt, wieder die Aktenmappe unter den Arm geklemmt.

«Herr Friedrich, Herr Fontanella. Darf ich erfahren, wie Sie auf so eine absurde Theorie kommen?» Sie fängt an zu reden, bevor sie überhaupt Platz genommen hat.

«Ganz einfach, Frau Lert. Weil Rolande Laverriere seit Jahren in Alaska lebt. Ich habe mit ihm geredet. Ich bin sicher, dass ich den richtigen Rolande Laverriere am Apparat hatte. Und weil es Reinhold Laverriere ist, dem eine Fingerkuppe fehlt. Dafür habe ich einen schriftlichen Beweis: das Tagebuch seiner verstorbenen Frau.»

Lert zwingt sich, ein zynisches Lachen hervorzubringen. Dass es aufgesetzt ist, würde selbst ein Primarschüler mit eingeschränkten kognitiven Fähigkeiten erkennen. «Was tischen Sie mir denn für Gespenstergeschichten auf?»

«Keine Gespenstergeschichten, Frau Lert. Herrn Fontanella und mich würde einfach interessieren, woran Dr. Reinhold Laverriere in seinen letzten Jahren bei der Zelonika gearbeitet hat? Diese riesige Ratte in der Villa? Ein 89-Jähriger, der aussieht, als wäre er um die sechzig?»

«Sie haben keine Beweise in der Hand.»

«Sind Sie sicher, Frau Lert? Es gibt bestimmt noch ehemalige Kollegen von Laverriere, die am Leben sind und die ihn erkennen würden. Oder seine Hand mit der fehlenden Fingerkuppe.»

«Das ist nicht stichhaltig vor Gericht.»

«Und wenn wir den echten Rolande Laverriere nach Basel holen und ihn befragen?»

Lert schweigt. Klopft nervös mit dem Zeigfinger auf dem Tisch. «Was wollen Sie?»

«Die Vernichtung aller Beweise dafür, dass Herr Fontanella und ich je in dem Haus an der Grellingerstraße 81 waren. Machen Sie Gespenster aus uns.»

«Das ist alles?»

«Ja.»

«Sie hören von mir, meine Herren. Unser Gespräch ist beendet.»

Verstorben

«Eddie? Was gibt's?»

«Das glaubst du jetzt nicht, David. Ich bin an der Engelgasse. Bei der Hausnummer 92 steht ein Streifenwagen vor der Tür – und ein Leichenwagen. Es sieht so aus, als sei der alte Laverriere gestorben.»

Am Abend sitzen sie bei einem Bier zusammen. David hat einen guten Tag im Geschäft gehabt. Die Stimmung ist wieder viel besser, seit er nach dem ominösen Auftritt der bösen Frau Lert hat Entwarnung geben können. Er hat zum ersten Mal angedeutet, dass er eine kleine Vergrößerung in Erwägung zieht. Marie-Jo hat den Braten natürlich sofort gerochen.

«Du hast ja jetzt ein bisschen Geld zur Verfügung. Da kannst du ‹Haargenau› schon ein wenig ausbauen. Werner hätte bestimmt Freude, wenn er das hören würde.»

Was sein Vater von der Sache halten würde, ob er sie begrüßen würde oder nicht, ist ihm, wenn er ehrlich ist, ziemlich egal. Bald ist es ein Jahr her seit dessen unerwartetem Tod. Und bald schon ein Jahr führt er nun das Geschäft. Von Vaters letzter Freundin Francine Jeunot hat er jetzt schon länger nichts mehr gehört. Er nimmt sich vor, sich mal bei ihr zu melden. Der Januar ist ein guter Monat für neue Anläufe.

Eddie beugt sich nun ein wenig über den Tisch: «Es ist bestätigt. Sie haben Laverriere tot aus dem Haus getragen. Ich hab da ein paar Beobachter im Quartier, auf die ich mich verlassen kann.»

«Findest du seinen schnellen Tod nicht auch überraschend, Eddie?»

«Ja, ich war völlig perplex. Aber ich habe mir beim Verteilen der Post und danach beim Aufräumen in meiner Wohnung so meine Gedanken gemacht.»

«Aha. In welcher Art?»

«Du weißt vielleicht gar nicht, dass die Überwachungskamera immer noch in ihrem Versteck ist. Ich hatte, ehrlich gesagt, auch nicht mehr daran gedacht. Das Geheimnis des Hauses war ja gelüftet, was sollte ich mir noch anschauen, ob da jemand ein- und ausgeht ...»

«Aber?»

«Laverriere war gestern Abend noch dort. Aber er blieb viel länger als sonst. Und es brannte Licht in einem der Zimmer im ersten Stock, wo sonst fast nie Licht brennt.»

«Und Laverriere?»

«Sah aus wie immer. Bewegte sich wie immer. Kein Hinweis darauf, dass er in ein paar Stunden sterben würde.»

«Vielleicht hat er ja sterben müssen?»

«Du meinst wegen uns? Und auf Betreiben der Zelonika?»

«Ja, genau. Es steht auf jeden Fall fest, dass die Zelonika ihr Interesse an ihm nie verloren hat. Und weil das so ist, musste der Firma auch klar sein, dass ihr ehemaliger Spitzenforscher irgendein Mittelchen entdeckt hatte, das die Alterung massiv hemmt.»

«Was ihr aber nicht wirklich wünschenswert erscheint. Darauf willst du hinaus, oder?»

«Richtig. Die wollen Medikamente und teure Therapien verkaufen, aber haben null Interesse daran, dass wir verlangsamt und offensichtlich bei guter Gesundheit uralt werden.»

«Aber warum haben sie dann nicht schon längst dafür gesorgt, dass Laverriere verschwindet?»

«Weil er wie ein Versuchstier oder ein Dauerexperiment behandelt wurde. Solange keine Gefahr drohte, dass da irgendjemand dumme Fragen stellt, setzte man das Experiment fort.»

«Eine grässliche Vorstellung. Aber ich halte deine Theorie für glaubwürdig, David. Nur beweisen können wir gar nichts. Und wenn wir nur im Geringsten Anstalten machen, unsere Nasen weiterhin in Dinge zu stecken, die uns nichts angehen – wenigstens aus der Sicht der Zelonika –, könnte es sein, dass wir auch verschwinden.»

«Eben. Darum den Latz halten, Bier trinken und abwarten.»

«Abwarten?»

«Ja, klar. Das, was dich an der Sache von Anfang an am meisten interessiert hat, wird doch jetzt schon bald greifbar: Denn ich habe nicht den Eindruck, dass der junge Laverriere, also Rolande, auch nur das geringste Interesse daran hat, diese beiden Häuser in Basel in seinem Besitz zu halten. Eddie, deine Chance!»

Eddie nickt langsam. Ein Zeichen dafür, dass er noch gar nicht so weit gedacht hat.

«Hmm. Du hast recht. Glaubst du übrigens, dass beim Tod von Catherine Laverriere alles mit rechten Dingen zuging?»

«Ich vermute nicht. Aber auch das werden wir wohl nie erfahren.»

«Und wissen wir eigentlich, was aus Mardos geworden ist?», schickt Eddie gleich noch eine Frage hinterher.

«Nein, vielleicht geistert die Riesenratte ja nun auch durch die Stadt – wie der Hund, den du gesehen haben willst.»

Epilog

Man schreibt den 18. August 1423. Die Menge johlt, als der Henker, ein großer, kräftiger Geselle mit Oberarmen wie Oberschenkel, den nun plötzlich doch reuigen Dieb und Betrüger Johannes Handschin hinter sich auf der Leiter nach oben zieht. Handschin ist schmächtig, und die Tage im Kerker haben ihn noch schmächtiger werden lassen. Er wiegt vielleicht halb so viel wie der Henker.

Dieser drückt Handschin mit seinem Gewicht gegen die Leiter, greift dann den Strick, den er dem Verurteilten schon vorher um den Hals gelegt hat, und wirft ihn mit geübter Hand über den hinteren Balken, den in Richtung Brüglingen.

Die Menge wird noch lauter. Die Gaffer haben sich rund um den Galgenhügel außerhalb der Stadtmauern aufgestellt, damit alle auch ja mitkriegen, wenn es soweit ist, den Moment, wenn Handschin baumelt.

Es ist keine leichte Aufgabe für den Henker. Er muss um jeden Preis verhindern, dass ihm der Handschin von der Leiter rutscht, jetzt, da der Strick festgezurrt ist. Denn nicht das Genick soll dem Missetäter gebrochen werden, erdrosselt werden soll er – langsam und zum Gaudi der Bevölkerung aus der Stadt und der nahen Höfe und Dörfer.

Der eine seiner Knechte, mit einer Kapuze über dem Kopf wie er, stellt deshalb einen Schemel so hin, dass der Henker den Halunken nun von der Leiter lösen und genau unter den Knoten stellen kann. Der Knecht packt Handschins Füße und drückt sie kraftvoll auf den Schemel. Noch ist nichts passiert.

Dann lässt sich der Henker von seinem zweiten Knecht den zappelnden Jutesack reichen, aus dem zwei dünne Hinterläufe herausragen. Er bindet mit dünneren Seilen die beiden Beine einzeln am Joch des Galgens fest, in Reichweite des zum Tode Verurteilten.

Der Henker befiehlt nun dem Knecht, der den Schemel hält, sich zu entfernen. Der leistet ohne Zögern Folge. Mit einem gezielten Tritt gegen den Schemel fällt dieser zur Seite. Handschin baumelt nun, die Luft wird ihm abgewürgt, doch er lebt noch.

Der Henker klettert flink von der Leiter und entfernt den Jutesack. Ein Hund in Todesangst hängt umgekehrt zappelnd und japsend in der Luft. Er bellt und keift, kriegt Handschin neben sich schon bald zu fassen, verbeißt sich in ihn, reißt ihm in blinder Wut ein Stück Fleisch aus der Seite und kratzt ihn, sodass Handschin blutverschmiert seinem Ende entgegengeht.

Die Zuschauer sind begeistert. Das grausige Spektakel dauert minutenlang, bis der Hund nur noch japst und röchelt und Handschin die Besinnung verliert. Nur einen Satz hat er noch krächzen können, an seinen Henker gerichtet: «Nimm den Sauhund weg und verschwinde!»

Dank

Diese Geschichte ist frei erfunden. Sämtliche Übereinstimmungen mit toten oder lebenden Personen sind rein zufällig. Doch es stimmt, dass am Galgenhügel außerhalb der Basler Stadtmauern noch bis ins späte 18. Jahrhundert Menschen auf die beschriebene Weise grausam hingerichtet wurden. Eddie aber irrt sich: Die Richtstätte beim Galgenhügel war nie ein Geviert, sondern immer ein Dreieck. Heute befindet sich dort ein kleiner Platz am Rande der Autobahn A2 und neben der Brücke, die von der Stadt herkommend zum Bethesda-Spital führt. Eigentlich ein verwunschener Ort. Nur selten sieht man dort Menschen sitzen.

Beim Schreiben dieser Geschichte haben mir meine Frau Pascale und Thomas Gierl vom Zytglogge Verlag mit Ratschlägen, Hinweisen, wohlmeinender Kritik und Ideen wesentlich geholfen. Beiden gebührt ein großes Dankeschön.

Übrigens: Der in der Geschichte erwähnte Zeitungsartikel, den David gegenüber seiner guten Freundin Tess erwähnt, zählt noch andere Beispiele von künstlicher Intelligenz in unseren Häusern und Wohnungen auf, die gelegentlich außer Rand und Band gerät.

Ich zitiere aus einem Beitrag auf NBC vom 25. Mai 2018: «In Portland, Oregon, entdeckte eine Frau, dass ihr Gerät es sich zur Aufgabe gemacht hatte, Aufnahmen von privaten Gesprächen an einen Mitarbeiter ihres Mannes zu senden. In einer Erklärung sagte Amazon, dass der Echo – so heißt das Ding – das Weckwort falsch gehört haben muss, eine Aufforderung zum Senden einer Nachricht falsch gehört hat, einen Namen in seiner Kontaktliste falsch gehört hat und dann eine Bestätigung zum Senden der Nachricht falsch gehört hat, und das alles während einer Unterhaltung über Hartholzböden.»

Es gibt tatsächlich Dinge zwischen Himmel und Erde, die wir nicht ganz verstehen. Dumm nur, wenn wir selbst dafür verantwortlich sind, dass sie immer mehr Macht über uns erlangen. Um es mit einem Zitat aus «Twin Peaks» zu sagen: «Die Eulen sind nicht, was sie scheinen.»

Basel, am Tag vor Allerheiligen 2023

Ebenfalls bei Zytglogge erschienen

Markus Wüest
Der Amerikaner im Bundesrat
Roman
ISBN 978-3-7296-5107-4

Das Leben Emil Johann Rudolf Freys (1838–1922) könnte einem Roman entsprungen sein – und ist nun zum Roman geworden: Auswanderung ohne Berufsabschluss in die Vereinigten Staaten 1860, im US-Bürgerkrieg Major in der Armee der Nordstaaten, nach der Schlacht von Gettysburg Kriegsgefangener der Konföderierten, nach seiner Rückkehr als Kriegsheld in die Schweiz Journalist und Politiker und schließlich sieben Jahre im Bundesrat. Emil Frey war auch der erste Gesandte der Schweiz in den USA. Ein Pendler zwischen zwei Welten. Und Doppelbürger. Denn im Juli 1865 erhielt er die amerikanische Staatsangehörigkeit. Was ihn später nicht daran hindern sollte, in der Schweiz höchste politische Weihen entgegenzunehmen.

«Der Amerikaner im Bundesrat» ist erzählende Literatur – und folgt dabei den überlieferten Fakten ganz eng.

Ebenfalls bei Zytglogge erschienen

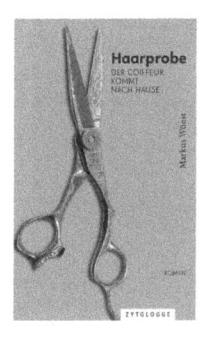

Markus Wüest
Haarprobe
Der Coiffeur kommt nach Hause
Roman
ISBN 978-3-7296-5139-5

Der Berliner Szene-Coiffeur David Friedrich kehrt in seine Heimatstadt Basel zurück, nachdem sein Vater, Inhaber eines renommierten Coiffeursalons in der St. Alban-Vorstadt, bei einem Unfall ums Leben gekommen ist. Ursprünglich nur zur Beerdigung und Abwicklung der Formalitäten angereist, beschließt er, dessen Geschäft zu übernehmen.

Eine Heimkehr mit Folgen: Er lernt nicht nur Basel neu kennen, sondern auch Seiten seines verstorbenen Vaters, die ihn beunruhigen. Scheinbar ist dieser vor seinem tödlichen Unfall einem Geheimnis auf der Spur gewesen. Er beginnt, Nachforschungen anzustellen. Unterstützung erhält er von seinem Schulkollegen Eddie, dem Pöstler im Quartier, der ihn mit seinem Wissen ein ums andere Mal überrascht. Doch kann er ihm auch trauen?

Foto: privat

Markus Wüest
Geb. 1962, in Basel aufgewachsen, Studium der Geschichte und der Literaturwissenschaft. Bis 2007 freier Mitarbeiter der «Basler Zeitung», danach Redaktor, seit 2019 in der Chefredaktion.

«Haarsträubend – Der Coiffeur bekommt Angst» ist nach «Der Amerikaner im Bundesrat» (2022) und «Haarprobe – Der Coiffeur kommt nach Hause» (2023) sein dritter Roman bei Zytglogge.